TAKE
SHOBO

純情欲望スイートマニュアル

処女と野獣の社内恋愛

天ヶ森 雀

ILLUSTRATION
木下ネリ

JN267221

純情欲望スイートマニュアル
処女と野獣の社内恋愛

CONTENTS

MITSU YUME

イラスト／木下ネリ

純情欲望スイートマニュアル

処女と野獣《Virgin×Beast》の社内恋愛

1．処女、いりませんか？

「これ、で…いいですか？」

ベッドの端に浅く腰かけた時田《ときた》の前で、普段使いにしては可憐《かれん》すぎる下着姿の、倉島《くらしま》奈々美《ななみ》が恥ずかしそうに俯《うつむ》く。

毛先を軽くカールさせたサイドヘアが、頬を染めた彼女の丸い輪郭を隠すように小さく揺れていた。

さすがに緊張しているのだろう。何せ彼女にとっては初めての事なわけだし。

一応その点を気遣って、室内のライトは絞ってある。もちろん、お互いの姿は充分見える程度に。

自分の仕事の仕上がりをチェックするベテラン職人のように、時田の鋭い視線が彼女の全身を一周する。

薄いサテン生地のベビードールの下には、ショーツだけで当然ブラなんか着けていない。

それが恥ずかしいのか、彼女はもじもじと自分の腕で胸を隠していた。

時田の口角が上がる。

悪くない。

「いいぜ。来いよ」

彼女を呼び寄せながら、時田も着ていたシャツを脱ぎ捨てる。

時田が奈々美に声をかけられてから、まだ三日しか経っていなかった。

◇

「唐突ですが、時田さん！　私とえっちして貰《もら》えないでしょうか!?」

ひとけのない給湯室の中、背の高い時田を見上げながら、胸の前でこぶしを握りしめてそう切り出した彼女の姿は、どう見ても甘い告白と言うより勝負を挑むボクサーのようで。

「えーと…、倉島さんだっけ？　確か庶務課の？」

「あ、はい。ご挨拶が遅れて申し訳ありません！」

あまりにも威勢のいい話し方とその内容とのギャップに、時田は一瞬呆気《あっけ》にとられる。

いや、ご丁寧に挨拶されてからあんな事を切り出されても、面食らうのは一緒なんだけどね？　なあんて内心のツッコミを、とりあえず営業仕込みの無味乾燥スマイル（０円）で覆い隠した。

「庶務課の倉島奈々美、二十六歳、彼氏いない歴二十六年です！」

顔は知っていた。総務に行けば座っているＯＬ達の中の一人だ。彼女は地味な方だが、人数の少ない庶務課では一応若い女子として認識《ラベリング》している。とはいえほとんど話したことはないし、ましてや彼女に誤解されるような態度をとった覚えもない。筈《はず》だ。

ハキハキとまったく恥じらう様子もなくとんでもない事を言い切る彼女を、時田は冷静に観察した。

やや小柄。一八七㎝と高身長である時田の、胸辺りに頭のてっぺんがある。一六〇㎝はないだろう。

そしてどちらかと言えば童顔。

二十六歳なら時田と二歳しか違わないはずだが、もっと年下に見える。せいぜい二十歳を超えたくらいか、私服なら学生といっても通りそうだ。

太っているわけではないが、丸顔で、袖口から見える手やローファーの足のサイズが小さいせいか、まるで小動物のようだった。

…とはいえ少なくとも胸はそこそこあるな。制服のベストの前ボタンが少し苦しそう

だった。たぶん、胸に合わせると丈が長くなってしまうのだろう。制服なんて多少融通は利くようにできているだろうが、所詮はS、M、L程度の選択肢しかない。

素材は悪くなさそうなのに、何となく垢《あか》抜けない印象を受けるのは、化粧っ気のなさと、半端な長さの髪をひっつめているせいだろうか。

会社仕様なのかもしれないが、今どきアイメイクのひとつもしていない。

まあ時田としても、過剰なまでの目元拡大にはあまり興味もないのだが。

とは言え、眉くらいはもう少し整えてもいいんじゃないか？　あと一ミリ下側を細くするだけでかなり目とのバランスがよくなるだろう。

ぶっちゃけ、結構がっかり女子だ。

惜しい。

それなりに手入れをすれば、そこそこ可愛くなるだろうに。

……で？　彼氏いない歴二十六年？　一通りの観察を終えた後、時田はようやく改めて彼女の言った言葉を脳内で反芻《はんすう》する。

「あ？　て事はもしかして処女？」

「はい。そうです」

やはり事もなげに奈々美はニコニコ肯定した。

「で、何で俺？」

それが最大の謎だった。

どう見ても俺が好きというわけじゃなさそうなんだけど。

時田は内心ひとりごちる。

と言うか、好きならまずそう言うだろう。普通なら多少の恥じらいもチラ見せしつつ。

しかし彼女にはそんな様子は微塵《みじん》も感じられなかった。

好きでもない、ましてや親しくもない男にセックスを依頼するその真意は？

「それはその…」

さすがに恥ずかしくなってきたのか、奈々美は言葉を途切れさせながら言った。

「実は私、一身上の都合で処女を捨てたいんですけど、社内一般女子の噂《うわさ》では…営業の時田さんが、その、一番守備範囲広そうだからって――」

一応言葉を選んでいるのか、奈々美は迂遠《うえん》な言葉を使った。

「社内一般女子って誰と誰？」

時田がすかさず聞き返す。

実際、時田はモテた。社内でも社外でもそこそこに。

高身長で贅肉の感じられないすっきりとした体軀と、清潔感のある涼しげな顔立ちにプラスして、器用でまめな性格が幸いし、ぶっちゃけ仕事ができた。

仕事に無駄がなく、取引先とのやり取りもそつがなく営業トークも上手い。雑用も嫌がらず、面倒事を誰かに押し付けるようなこともしなかった。性格的にはシニカルな部分もあるが、上司の信頼は厚く同僚からも一目置かれている。

何より仕事の出来不出来は出世に繋《つな》がる最大の診断計であるから、女子の目から見れば多少の口の悪さもスパイスとして相殺可能である。

時田自身もそんな周囲の評価をそれなりに自覚していた。

そんなわけで誘われる事は多いし、時田自身、木石《ぼくせき》でもないので気が合えば付き合いもする。

けれどそんなに節操なしのつもりもない。誰でもいいわけではないし、つきあっている相手がいる時にはちゃんと彼なりに誠意を示している。

話が合って一緒にいて楽しい相手であれば外見や年齢にあまりこだわりはないが、結婚を意識した事はないので、相手にそのつもりがあると自然と関係が切れる事が多い。

時には軽い火遊びや割り切った大人の付き合いもあった。

その結果、延べ人数はそこそこいる。

奈々美の言う「守備範囲」とはその事だろう。

「えーと、それは…」

自分以外の事となると告げ口の様であけすけには言い難いのか、奈々美が口籠もる。

「情報ソースの開示がなければ、この話は終了って事で」

時田はくるりと背を向けた。

「そんなぁ！」

当たり前だ。

言った人間によっては時田の面子に関わる。よりによって社内で、うかうか悪評を広げるわけにはいかない。

リスク回避のためあっさり立ち去ろうとした時田を、小さな手が引き留める。身長差があるから、背広の腰の辺りを摑《つか》まれた。

が、皺《しわ》になると気付いたのか、その手はすぐに放される。

その代わりに真剣な表情が時田を見上げていた。

「…守秘義務は厳守して頂けますか？」

「もちろん」

奈々美のハムスターみたいな黒目がちの目が、ゆらゆら揺れている。

「経理の…柳原《やなぎはら》さん、とか…」

気まずいのか、視線を逸らしながらもごもご呟《つぶや》いた。

本当に小動物みてえ。奈々美を見下ろしながら心の中で独白する。

――ってか、経理の魔女かよ!?

冷静を保っていた時田の脳裏に緊張感が走った。

経理の柳原と言えば、そのおっとりした容貌からは想像できぬ、ハバネロ並みの辛辣な舌をもつ女である。

ほぼ全社員の財布の紐《ひも》の秘密を握っているとも言われているが、その真偽のほどは定かではない。

とは言うものの――

彼女なら毒舌を吐いても、悪意で的を外す事はない。敵に回したくないタイプではあるが、公正さにおいては信頼できる相手だった。奈々美とは同じ総務室で歳も近いから話しやすいのだろう。

時田の話をするとしても、せいぜい「初心者向きよ?」とかそんなものではないだろうか。

…ふむ
時田は改めて、その小さな生き物を見下ろした。

いきなり親しくもない男に、セックスを申し込んでくる女。

いい加減処女を捨てたいときたもんだ。

まあ分からなくもない。…というか、似たような誘いが今までにもなかったわけではないし。

女も二十代半ばを過ぎて処女だと、それが重たくなるらしい。

もっとも今までの誘い方はちゃんと恋人関係込みだったし、もっと婉曲《えんきょく》でこれよりかなりスマートだった気はするが。

奈々美は時田のリアクションを推し量るかのように、つぶらな瞳でじっと彼を凝視していた。そのあまりにも女子力の低いところが、逆に時田の好奇心を刺激する。

少なくとも直球勝負しかしかけてこない彼女に、害意やトラブルの気配はない。可愛らしく媚《こ》びてみたり、逆に泣き落としや弱みを握って脅すと言う搦《から》め手は彼女の中に存在しないらしい。どう見ても単純そのものの無害な小動物、と言った体である。

なんていじり甲斐《がい》のありそうな。

時田はいつの間にか面白くなってきていた。

さて…、こいつならどんな風に遊べるだろう？

頭の中でぐるりと算段を巡らせる。

「――いいよ。協力しても」

「本当ですか!?」

パッと顔が輝いた。

「……で、いくらまでなら用意できるの？」

「え……？」

「もちろん、内容次第で応相談だけど」

「………え？　ええ!?」

何を言われたか理解できず、奈々美は目と口を大きく開けて固まっている。そんな彼女をフォローするように、時田は鷹揚《おうよう》に肩をすくめてみせた。

「だって…いきなりここでって話じゃないだろ？　場所とかシチュエーションとか考えてる？」

「あ、それは一応調べたりとか…」

少なくとも自宅に招くつもりはないらしい。どこまでもセックスのみの希望、という事だろう。

奈々美は会社から最寄駅の沿線の近くにあるいくつかのホテルの名前を挙げた。手ごろな値段のシティホテルである。

「じゃあ、その経費にもう少し上乗せして考えといて」

「嘘《うそ》！　もしかして…お金取るんですかぁ!?」

奈々美の驚愕《きょうがく》した顔に、時田は人の悪い笑みを浮かべる。

当たり前だ。

世の中、ただより高いものはないのだ。

こめかみをひきつらせて逃げようとする、その首根っこをひょいと捕まえた。

二人の身長差ではリーチの利は歴然だった。

「きゃーっ！　ちょっとっ！　あのっ！」

男の長い腕から逃がれようと暴れるその耳元に、時田はそっと囁《ささや》いた。

「今週の土曜なら空いてるけど、そっちは？」

「え、あの、その…！」

否定の返答がないのは空いてる証拠だろう。

「じゃあ、その日に○○駅の北口、十時で」

半ば強引とも言える口調で、約束を取り付けた。こんな事、先延ばしにしてもしょうがない。さっさと楽しんでさっさと終わらせるに限る。

彼女を抑え込んでいた手を離し、去り際に時田は耳元に唇を寄せる。

…誘っといて逃げたりしないよな？

甘い脅迫の言葉が彼女の耳に届いたかどうか。

「ふ、ふぇ〜〜…」

半ば力が抜けたような奈々美の情けない泣き声は、整然と並んだ廊下の蛍光灯に吸い込まれていったのだった。

◇

じゃあね、と肩をぽんと叩《たた》いて時田が廊下の向こうに去っていくのを、奈々美はただ茫《ぼう》然《ぜん》と見送った。

姿が見えなくなってから、その場にずるずるとしゃがみこむ。

とんでもない事をしてしまったという緊迫感と、とうとうやってしまったという達成感が彼女の中で高速ミキシングされて渦巻いている。

馬鹿な事を、している自覚はあった。けれど彼が一人でいるのを見つけた時、考えるより先に体が動いてしまったのだ。

最近、ずっと彼の事ばかり考えていたからかもしれない。

社内全般の噂は嘘ではない。彼は決して少なくない女性社員から大いに人気があるだけでなく、男性社員からの信頼も厚かった。

奈々美自身、課が違うからあまり接触はないが、皆が面倒がる細かい庶務手続きなども嫌がらずにまめにやってくれる。

提出書類に書きこまれた字が綺麗《きれい》な人だな、とずっと思っていた。

実際、同僚の柳原栞《しおり》に聞いたのは「時田さんてどんな人？」それだけだ。栞は少し面白そうに奈々美の顔をじっと見つめると、「今は一人《フリー》のはずよ」と教えてくれた。

奈々美が時田に対して望んでいる事の本当の内容を、実際は気付いてはいないだろうに的確な返事だった。

そこで彼女がいるとでも聞いていたら、奈々美は今回彼に依頼するのを諦めていただろう。さすがに恋人を裏切らせようとするほど奈々美も向こう見ずではない。

ハイスペックな人なんだろうな、と漠然と思っていた。

女性関係の経験値も高そうだし。

もちろん恋愛なんて数をこなせばいいというものでもないだろうが、少なくとも経験値の低い人よりは余裕があるだろう。頭もよさそうだから、変な偏見なしで奈々美の意図を汲《く》み取ってくれそうな気がした。

実際初めこそ怪訝《けげん》な顔をされたものの、奈々美の話を最後まできちんと聞いてくれた。いくら多少は男性的に旨みのある話だとしても、軽蔑されたり、さっさと切り上げて立ち去ってもおかしくはなかったのに。むしろ途中から面白そうな顔で奈々美の話を聞いていた。

それがよもや、あんなオチが待っていたとは。

「お金、かあ…」

頭の中で通帳の残高をざっと検索する。そんなに裕福なわけではないが、多少は貯金もあるから融通できなくもない。とは言えどれだけかかるかはよく分からない。正直、予想外の出費は結構痛い。

そりゃあ、男性諸氏がどこかで女の人を買おうとしたら五桁は軽く払うんだろうから、時田の言う事ももっともなのかもしれない。そもそもそれだったら、そういうプロもいるのかもしれない。女性向け性技指南的な。

しかしその手のものを調べてどうにかする度胸はさすがになかった。

それに。

時田でなくてはだめなのだ。

（時田君は…いい奴だね）

目を閉じて、鼓膜に残る声を反芻する。淡々とした、けれど確かに情がこもった呟き。そんな風にあの人が誰かを褒めるのを、奈々美は初めて聞いた。

たぶんあの時が、彼女が時田を意識し始めた瞬間だった。

自分のしている事は間違っているのかもしれない。少なくとも世間的には褒められた事ではないだろう。

でも今更引き返してどうするというのだ。

少なくとも、誰かに迷惑をかけるような事ではないのだ。…たぶん。

大きな溜め息を一つ付くと、奈々美はなんとか立ち上がって、時田が去ったのとは反対の、総務課に向かう方向へ歩き出していた。

それが、彼らの奇妙な付き合いの始まりであった。

2. ダメ出しリセット

待ち合わせ場所に、それでも怯《おび》えるようにして立っていた彼女の肩を抱くようにして、時田は奈々美を引きずっていく。

さすがに外で会うからか、奈々美はそれなりに着飾っていた。

あくまで当人比ではあるが。

前ギャザーのついたチュニックのトップスに、タック入りのショートパンツ。

縛った髪にはビーズ付きのシュシュ。

色気はないが可愛いらしくはある。おそらくは、手持ちのアイテムの中で一番女子っぽいものを着てきたのだろう。時田が思うに彼女のクローゼットにフェロモン系の衣装は存在しないに違いない。

背が低いのを気にしてか足を出しているのは良い選択だが、せっかくのベルトが隠れているのはやはり惜しい。

「え？　ここ…？」

奈々美が連れて行かれた先は、駅前通りから一歩わき道にそれた、こぢんまりとしたヘアサロンだった。チョコレート色の格子ガラスの窓から見える店内はアンティーク風に洒《しゃ》落《れ》ていて、入り口に三色のサインポールが無ければ普通に美容室だと思っただろう。

扉上の外壁には『ヘアカット&リラクゼーション　ベルツリー』の看板が見えた。

「びよういん？　あれ、でも床屋さんのぐるぐる？」

「理容室の方。美容室とかと違って予約不要だから便利だよ」

「え？　え？」

時田の意図が分からず、奈々美は金魚のように口をぱくぱくさせている。そんな彼女の背中を押すようにして、時田は中に入っていった。

店内はさほど広くはないが、木目調の床が飴《あめ》色に磨き上げられて落ち着いた空間になっている。三脚あるヘアカットチェアの一番奥では、年配の男性理容師が客と喋《しゃべ》りながら髪を切っていた。

手前にあるカウンターの中から若い女性がいらっしゃいませ、と言いながらあれ？　という顔をする。

時田は彼女に片手をあげて見せながら、その手で奈々美を指差した。

「瑞穂《みずほ》、この子適当に仕上げてやって。あ、ついでにシェービングも頼む」

行きつけらしく、時田は女性店員にそう声をかけると、自分は待合コーナーのソファに座って雑誌を読み始めてしまった。奈々美は助けを求めるように彼にちらりと目を向けるが、わざと雑誌に没頭しているのか時田は顔をあげない。残念ながら救助信号は届かなかったようだ。

「あらら。どうぞこちらへ。えーと、こうしてほしいとかご希望は？」

そんな時田に慣れているらしい女性店員は、奈々美を空いていた大きな鏡の前に座らせると、安心させるような笑みでオーダーを聞いてくれる。

「あ、あの、…お任せします」

予想外の展開についていけない奈々美は、尻すぼみになる声でそれだけ言うのが精いっぱいだった。


「まあまあそんなもんだな」

全体を梳《す》いて軽くした後、毛先を整えてセットされた奈々美を見て、時田は軽く頷《うなず》いた。

「大丈夫、とっても可愛らしく仕上がってますよ」

どう答えてよいか分からない奈々美の戸惑いを思いやってか、気まずい空気を払拭するように、先ほどカットしてくれた女性理容師がにっこり笑ってフォローしてくれた。

瑞穂と呼ばれた女性は職業柄もあるのだろう、飾り気のないダンガリーシャツと細身のパンツというどこにでもある組み合わせなのに、なぜか洗練された雰囲気を醸し出している美人である。上背もあるから、時田と並んだらきっとお似合いだろう。

もしかして恋人だったりしたのかな、そんな風に奈々美は邪推する。今はフリーだと柳原が言っていたから、現在進行形ではない筈だけど。

レジで会計を頼み、諭吉先生一人でもおつりが返ってきて奈々美はホッとする。

奈々美は美容院が苦手だった。話しかけてくる美容師との会話も苦手だったし、どんな髪型で、と聞かれても適当にとしか答えられない。見苦しくなければいい程度なのである。だから普段から前髪くらいなら自分で切ってしまうし、簡単なカットは安いところで済ませてしまう。そんな彼女にとってちゃんとした店は高いイメージがある。

けれど瑞穂と呼ばれた女性は、当たり障りのない話はするものの、あまり無駄口もきかず、奈々美の髪を手際よくカットしてくれた。

それに生まれて初めてやって貰ったシェービングは想像以上に気持ち良かった。うっかり寝そうになったほどである。

肌はすべすべするし、顔剃《そ》りと一緒に眉も整えてくれたらしく、鏡の中の顔はかなりすっきりしている。我知らず、奈々美の顔がふにゃりと緩む。

そんな彼女を急き立てるように時田は言った。

「じゃあ次は買い物だな」

店を出てからショッピングモールの入っている駅ビルに向かう時田を、奈々美は慌てて追いかけた。

「あ、あの！　別にお願いしたいのはデートじゃなくて…」

これ以上振り廻《まわ》されまいと、モゴモゴ逆らおうとする彼女を、時田は上から睨《にら》み付けた。

「分かってるよ。セックスだろ？　そっちこそ分かってないんじゃない？」

「……は？」

いきなり核心を突かれて、彼女はつぶらな瞳をパチクリさせる。

「男だってね、抱けるなら誰でも良いってわけじゃないぜ？　思春期のガキならともかく、相手が好みじゃなければ当然萎える事だってある」

「あ――」

ようやく思い至った顔で、奈々美はは小さく口を開けた。

「だからさ、相手に欲望を抱かせようと思うなら、そっちだって相応の努力をして然るべきじゃないか？」

「！」

反論の余地もないとはこのことだろう。時田の言う事はもっともだった。男なら据え膳は何でもありがたく頂くわけではない。もっともそんな輩も皆無ではないだろうけど。少なくとも、時田はそこまで単純なタイプではなかった。

元々放っておいても女性が寄ってくる男なのである。いくら幾ばくかの謝礼を払うにしても、確かに我慢をさせて奈々美に付き合わせる訳にはいかないかもしれない。

見通しが甘かった事を痛感して、奈々美は肩を落として項垂《うなだ》れた。もっと単純な事だと思っていたのだ。

落ち込むハムスターのような姿に同情したのか、時田の声が柔らかくなる。

「そう落ち込むなよ。俺の好みのタイプに変身できたら、飯とホテル代くらいはもつから」

彼の言葉の真偽を確かめるように、奈々美はそっと時田の顔を上目遣いで見上げた。

「…本当ですか？」

「守備範囲の広さには定評あるんだろ？」

低い位置にある彼女の耳に小声で囁くと、奈々美はホッとしたように笑顔になった。

それを見て時田は苦笑する。

おーおー、現金なこった。つまりは出費の不安も大きかったのか。まあ、ウチの会社の

ＯＬじゃあ、月収なんてたかが知れてるしな。

「だから、ほら！　買い物行くぞ」

「はい！」

威勢の良い返事をして、奈々美は歩き出した時田の後ろを、仔犬《こ》よろしくちょこちょこ追いかけていった。

◇

髪型くらいはまだ奈々美の予想範囲内だったのだろう。

しかし、その店の中に入ったらさすがに頬を染めてそわそわし始める。

よもや「買い物」の内容がこれだとは。

作りとしてはありふれたブティックだが、棚に並んでいるのは熱帯魚のような色とりどりのランジェリーだった。しかもあまりにも目的の明快な、過剰なフリルやレースが目立つ類の。

布の少ないセクシー系からガーリーなフェミニン系まで豊富に揃《そろ》っている。

「あの、さすがにここは…」

「あ？　もうその手のものは持ってる？」

「いえ！　全然持ってませんけど！」

　奈々美はつい全力で否定してしまう。

　こんなひらひらのレースや透けたシルク素材の下着など持ってる筈がない。

　形からして実用性がないし、そもそもそんな繊細な布地、洗濯が大変ではないか。

　奈々美が普段身に着けているのは、飾り気のないほぼ綿一〇〇％の実用本位なものばかりである。

　そもそもこういうシチュエーションが初めての奈々美にとって、下着に色気は正直二の次だった。

「えーと、…こういうの嫌い？」

　まるでぬいぐるみやアクセサリーを選ぶような時田の気軽な態度に、奈々美はつい素直に返事をしてしまう。

「嫌いとかじゃなくて、今まで無縁だったので考えた事ないって言うか…」

「じゃ、着てみようよ。…って言うか、演出小道具はあったほうがいいと思う。…主に、倉島さんのためにね」

「…へ？」

「だって…、好きでもない相手と寝ようとするなら、気分だけでも盛り上げた方がいいでしょ」

「！」

さすがに経験値の差というべきか、時田は状況を的確に読んでいる。

「そんなわけで…俺のお薦めはこの辺なんだけど」

指差したのはレースの飾りが、主に隠したい場所にふんだんにあしらわれた、スケスケひらひらのベビードールだった。

「完全俺得じゃないですか〜〜〜！」

奈々美の叫びは、時田の完璧なドヤ顔によって封殺されたのだった。

◇

場所は駅から少し離れたファッションホテルをチョイス。

一見、普通のビジネスホテルと変わらない。

エントランスに並んだ大きなヤシや棕櫚《しゅろ》といった観葉植物が、なんとなくリゾートホテルの雰囲気を醸し出しているくらいである。

部屋もこざっぱりして清潔だったし、値段も相応だった。

部屋の真ん中に置かれた大きなダブルベッドだけが、その手のホテルの主目的を端的に示している。

駅前で簡単にランチを済ませてからチェックインすると、時田は奈々美の目の前で自分が持参したメイク道具を広げ始めた。

奈々美の頭の中に、大量のハテナマークが点滅する。なんでこの人、こんなもの持ってるの？

雰囲気的に湧き出る疑問を口に出すことがためらわれるまま、部屋の隅に置かれたソファとローテーブルで、奈々美は簡単なメイクを施された。

さきほどシェービングしてもらった奈々美はほぼすっぴんである。店ではメイクもしましょうかと聞かれたのだが、軽く肌を整える化粧水と乳液だけで済ませてもらった。

時田の長くて器用そうな指が化粧水と乳液でもう一度下地を整えると、フェイスパウダーを乗せる。

「だって、あの…ファンデとか塗ると痒《かゆ》くなりやすいし、あまり得意じゃなくて…」

昔から肌がデリケートで荒れやすいのは、奈々美の悩みの種である。もっとも化粧が苦手で面倒くさいのもあるのだが。

「これはフェイスパウダー。ファンデと違って油分を含まないし、他のものもほぼ無添加の基礎化粧品みたいなものだから大丈夫。それに…さっき顔を剃ってもらったからノリはいいはずだよ?」

言いながら、時田は器用に眉を描き、頬にチークを入れた。

「時田さん…何でこんな事できるんですか?」

いくら女性に慣れているといっても女子の化粧品に詳しすぎるし、ここまでできるのは器用すぎるだろう。

「俺、元美容師だし」

「うそ!」

「金にならないからやめたけどね」

業界ではありがちなことだ。元々店があるならともかく、一から稼いで店を持つには厳しい世界だから転職組は結構多い。美容師の仕事は好きだったしそれなりに楽しかったが、辞めた事に未練はないし、接客で営業力は身に着けたから無駄ではなかったと時田は思っている。

彼の意外な過去に、奈々美は沈黙する。中途採用なのは知っていたが、昨今珍しい事ではないし、前職についても全く知らなかった。部署が違えば接点は少ないし、今まで彼に興味がなかったから当たり前と言えば当たり前なのだが。

「ほら、できた」

鏡の前に立たされた奈々美は、確かにいつもより三割増しに可愛くなっていた。

どこかくすんでいた肌には透明感が生まれ、唇は淡いピンクの優しい色だ。

アイラインも付け睫毛《まつげ》もしていないのに、眉毛を整えただけで目元もすっきりしていた。

いつもひっつめていた髪は、毛先を軽くブローしワックスをつけて、輪郭を隠すようにふんわりカールさせた。

猫っ毛でまとまりがないのが悩みだったのに、嘘みたいだ。

「どう？」

大きなコームを片手に、時田は自分の作品を満足げに眺めていた。

「すごいです。魔法みたい」

「うん、じゃあシャワー浴びて着替えておいで」

「え！」

下着の入った紙袋を渡されて、奈々美は硬直してしまう。

いや、確かに目的はそれだった筈なのに、いつの間にか時田の手によって自分の姿が変わっていくのが楽しくなっていた。

魔法をかけられたシンデレラはこんな気分だろうか。

テレビでやっているワイドショーの変身コーナーに人気があるのが分かってしまった。

とは言え、改めて下着を渡されると、恥ずかしさにためらいが生じてしまう。

「俺が先に浴びてこようか?」

そう言ったのは、時田なりの思いやりだった。

逃げたければその隙に逃げればいい。

惜しくないと言えば嘘になるが、自分もそれなりに楽しんだし、無理強いはしたくない。

逃げたりしないだろうと言う読みが、時田にとってのプライドでもあった。

「シャワー、先にお借りします」

意を決したように奈々美が下着の入った紙袋を抱きしめる。

「髪と顔は濡《ぬ》らすなよ」

賭けに勝った時田は、満足そうに微笑んで言った。

◇

「これで…いいですか?」

シャワールームから出てきた奈々美を見て、予想以上の仕上がりに時田は内心口笛を吹く。

レースは肌が痒くなるからと拒否され、結局選んだのは小さなフリル付きのシンプルなベビードールだった。

と言っても胸元は大きく開いているし、ホルターネックだから背中はほぼ全開である。首の後ろで結ばれた細いひもは、引っ張れば簡単にほどけてしまいそうだった。

胸元から前開きでやはり細いリボンが三段、アンダーバストとウエストの間で微妙に素肌を見せながら結ばれている。

思ったより胸が大きかったらしく、不自然にできた皺がかえってエロかった。

足の付け根ぎりぎりの丈はこういった下着の定番通りで、同じ生地のショーツが覗いている。

こちらも布の面積はかなり少なく、両サイドはやはり細いリボンで結んであった。

恥ずかしいのだろう、内股をもじもじと擦り合わせる感じもなかなかそそるものがある。白い生地が清楚《せいそ》で、一層背徳感を煽《あお》っていた。

上出来だ。

「いいぜ。来いよ」

時田はベッドに浅く腰掛けたまま、奈々美に手を伸ばして引き寄せた。

ベッドに深く座り直し、足の間に時田と同じ向きで座らせる格好である。

座ったまま、小さな体を背後から抱いて、ほぼ剝き出しになった白い背中に口付ける。

「ひゃん！」

唇の感触がくすぐったかったのか、奈々美は変な悲鳴を上げた。

「倉島さんの背中、すっごい綺麗だね。白くてすべすべ」

「そ、そうですか。どうも…」

ぎこちない返答が可笑しい。

「背中とかさ、本人はあまり目につきにくいのかもしれないけど、荒れてるとやっぱ興ざめだから、嬉《うれ》しいよ」

「……恐縮です」

奈々美は背中なんて褒められたことがないから、どう返してよいか分からない。

そもそも他人と比べた事もない。

しかも背後から抱かれていると、相手の視線の行方が分からず緊張してしまう。

完全に主導権を握られている感じだ。

と言うより、子供がだっこされているように思えてしまうのは気のせいだろうか。広い肩幅と厚い胸板は、今まで知らなかった男性の躰《からだ》を厭《いや》が応にも意識させる。

時田の長い腕は奈々美の腹のあたりで交差して、完全に彼女の動きを封じていた。

逃げようとしても簡単には逃げられないだろうと思える、男の腕だった。

奈々美はどうしてよいか分からず、胸の前を腕で隠したままである。

「どう？　形から入るんでも少しはその気になった？」

肩に尖《とが》った顎を乗せられ、首筋に囁かれて奈々美の躰に奇妙な熱がこもる。

「…時田さんて…女性にはいつもここまでサービスするんですか？」

答えるのが恥ずかしくて、思いついた疑問を口にする。

「まさか」

時田の答えは明快だった。

「じゃあ、どうして…」

「言って良いの？」

潜められた声色に、思わず緊張してしまう。

「ど、どうぞ！」

毒を食らわば皿までである。

「だって…ここまで女子力低い子、初めてだからさあ。なんか面白くなっちゃって」

笑いをかみ殺しながら言われて、真っ赤になった。

奈々美とて、自分の女子力の低さは自覚している。

おしゃれやお化粧は苦手だし、あまり興味もない。

セックスはしてみたかったけど、そこにたどり着くまでの過程を考えると気が重かった。

コンパやツテを頼った紹介でするデート。

映画や食事やショッピング。

そんな事をしたいわけじゃないし、それこそ誰かを好きになりたいわけでもない。

単純に、セックスというものが知りたかっただけだ。

だから時田を選んだ。

営業にいるせいか人あたりが良いのでそこそこモテるけど、甘すぎず辛すぎない適度にドライな性格。

社内で何人かと噂になる事はあったが、別れても揉《も》める事はなく、後腐れもないと聞く。

彼なら奈々美の意図を正確に汲み、恋愛感情なしに行為だけを提供してくれると思った。

実際、驚くほど彼は物わかりが良かった。

「それで…私は時田さんの守備範囲に入れたんでしょうか」

ここでダメ出しされたらちょっと立ち直れない。

「自分ではどう思う？」

自信がないから訊《き》いているのに、意地悪な問いだと思った。

「それなりには、まあ…」

実際、ここまで変われたのは自分としては大健闘だと思うが、女性関係に慣れている時田からすればどうなのか。

まだまだ物足りないと思われても仕方ない。

「充分でしょう。無理に好みを押し付けて悪かったけど、…信じられないほどエロく仕上がってるよ」

想像以上の褒め言葉を囁かれて、奈々美は身体の奥が甘く疼《うず》くのを感じた。

嬉しくてくすぐったい。

こんなの、本気で恋をしているみたいだ。

そんな筈ないのに。

「じゃあ…ちゃんと抱いてもらえますか？」

身を捩《よ》じらせて時田を見上げる。

「仰せのままに」

時田は耳朶《みみたぶ》を甘嚙《が》みしながら、胸を押さえていた小さな手をそっと引きはがした。

3. 誘惑ベビードール

「ひゃんっ」

耳朶を噛まれるなんて初めてだった。痛くはないが、くすぐったさに身をよじる。

「動くな」

少し笑いを含んだ静かな声が奈々美を牽制《けんせい》し、首筋を舐《な》められて背筋がぞわりと粟立《あわ》った。

同時に大きな手が、背後からやわやわと奈々美の胸を揉みしだく。

充分質量のあるそれは、透ける生地越しに時田の手の動きに合わせて形を変えた。

「柔らかくて…すごく気持ちいい。倉島さんは？」

「あ…え、と…」

しょっぱなから気持ちいいなんて、恥ずかしくて口にできなかった。顔を見られないのは幸いだったかもしれない。

「嫌な感じはしない？　嫌悪感とか…」

「それは、へ…き、です」

何とかそれだけ答える。

実際、時田の愛撫《あいぶ》は優しく繊細で、嫌悪感など微塵もなかった。

ただ、布越しに彼の手のひらに当たっているであろう先端が、固くなってきている事だけがもどかしく恥ずかしい。

物足りなくなったのか、リボンとリボンの空いた隙間から時田の手が潜り込んできた。

「あ…」

直接肌を捏《こ》ねられて、奈々美の唇から熱い吐息が漏れる。触れてくる大きな手が気持ち好くて、脳が蕩《とろ》けそうだった。

凭《もた》れかかってくる彼女に寄り添うように、男の薄い唇が器用に彼女の首の後ろでくくられていたリボンを解く。上部へのベクトルを失ったその下着は、あえなく彼女の胸をこぼれさせた。双乳を真ん中に寄せて持ち上げながら、時田の指が奈々美の肌に食い込んでくる。

奈々美の息が、浅く荒くなった。

時田は思う存分乳房をもみくちゃにして、その滑らかで柔らかい感触を楽しむ。背中同様きめ細かな肌は、搗《つ》き立ての餅のようにしっとりと汗ばんで手に吸い付くようだった。

柔肌の感触を楽しみながら、時田の唇が奈々美の耳をそっと食む。

「ひゃう！」

擽《くすぐ》ったかったのか、奈々美は小さな悲鳴を上げた。

構わず、耳の輪郭をなぞるようにねっとりと舐め上げる。

「舐められるの、ダメだったら言って」

時田の色っぽくも低い声が、奈々美の耳元で囁いた。奈々美はふるふると首を横に振る。

正直、気持ちがいいのかそうでないのか分からなかったが、やめてほしくなくて必死でぎゅっと目を閉じていた。

その合間も、時田は奈々美の乳房を円を描くように捏ね上げ、何度か持ち上げるようにして上下させた後、敏感になった尖りつつある先端を人差し指と親指で軽くつまむ。

「あぁ…んっ」

奈々美自身が驚くほど甘い声が漏れた。

そのまま先端を時田の指がくりくりと弄ぶ。

「や、ダメ、それぇ…っ」

奈々美の躰がぴくぴくと震えた。時田の指によって敏感さを高められた胸の先端から、身体の中心に向かって甘い衝撃が走りぬける。下腹にぎゅっと熱の塊が収縮した。

「倉島さん、感度良いね」

わざと煽るようにこもった声で、時田が言う。

「一人でした事、ある？」

無言のままうなじが紅く染まる。沈黙は肯定と同意だろう。

「自分でやって見せてくれる？」

「嫌です」

「即答かよ！」

断られることは想定内だったが、あまりにきっぱり拒否されて思わず突っ込む。

「だって…自分でする時は想像力が勝負ですから、人がいると集中できなくて気が散ります。もったいないです」

もったいないって…。

頬を紅潮させ、瞳を潤ませながらも、その理路整然とした言葉はけれど考えてみれば充分に納得できるものだった。確かにああいう事は一人の方が集中しやすい。

拒否する理由が羞恥心じゃないあたりが奈々美らしいと言えば奈々美らしい。

「……なるほどね」

変な女。

正直な感想は胸の奥に留めておく。何せ、時田の方も体が熱くなってきている。こんなところで気持ちを萎えさせたくはない。

剝き出しの肩甲骨の間に唇を滑らせながら、胸元の紐をゆっくりとほどいていった。はらりと前がはだけて、マシュマロみたいに柔らかい腹や縦にくぼんだ臍《へそ》があらわになる。

まるでマッサージのように時田の手が奈々美の腹部を撫でまわし、その柔らかさを堪能する。

優しくも明らかに欲望を感じさせるその掌に、奈々美はどこか怯えながら溺れてゆく。時田が触れた場所は、どこもかしこも皮膚が溶けてしまいそうだ。まだこんなの、大した前戯のうちにも入らないだろうに。

「こっち向いて」

時田が柔らかく奈々美の腕を取って振り向かせ、ベッドの上に仰向けに寝かせる。奈々美は不安を含んだ瞳を潤ませて時田を見上げた。

羞恥によるものか欲情が勝るのか、頬が火照って熱い。

「怖かったら目ぇ閉じてな」

その方が感度が上がりやすいと踏まえて時田が促す。

従順にこくんと頷く彼女の頬を両手で包み込むと、時田は額に優しく口づけた。安心させるように、頬と、首筋にも唇の軌跡を残す。

いつの間にかぎゅっと無意識にシーツを握りしめている小さな手を、時田は自分の肩に誘導する。子供のように小さな手が、時田の肩に縋りついた。

彼女の肩に顔をうずめて、首筋を強く吸いながら、紅くしこった乳首を両手の親指でぎゅっと押し潰す。それでも負けじと立ち上がる紅い実を、摘まんでくりくりと捏ね回した。

「あ、…やぁん…、ぁあん…っ」

急にもたらされた強い刺激に、時田の肩を摑む手に力が籠もる。

同時に彼の両膝の間で奈々美の内股が擦り合わされ、その動きに応えるように、時田は彼女の太腿《ふともも》に手のひらを這わせると、両手で外側から抱き上げるようにして少し持ち上げ、膝を浮かせた。

奈々美は逆らわない。

そのまま男の手が彼女の足の間に潜りこみ、何度か太腿の内側を焦らすように撫でまわした後、付け根へと移動して薄い布越しにそっと亀裂をなぞった。

「あぁ…っ！」

奈々美の肩が跳ねるのを知って、時田は更に指をいやらしい割れ目に沿って前後に動かした。じわじわと布地が湿っていく。元々蜜を含んでいた部分に布が押し付けられて、一気に濡れていく。

「ここ、濡れてるの、自分でも分かる？」

揶揄する口調に、奈々美は答えられず、唇を噛みしめる。

「駄目だよ、噛んだりしちゃ。それより気持ち好ければちゃんと声を出しな」

「でも…ぉ、あぁん…っ、はぁ…ぁ、……」

「恥ずかしい？　初めてなのにこんなに気持ちいいのが？」

時田の指は更に残酷に彼女の表面をすれすれに擦るばかりだ。

「それとも、こんなんじゃ全然足りないのが？」

「や、イジワル…っ」

啜り泣く奈々美の声はやたら扇情的だった。

実際、気持ち好さともどかしさで奈々美はおかしくなりそうだった。

薄衣一枚がどうしようもなく邪魔に感じる。もっと強い刺激がほしいのに。物足りなさを主張するように、蜜口から蜜がじわりじわりと湧いてくる。強くも弱くもない時田の指使いは、まだ浅い部分を撫でているだけにも関わらず、自分でしている時とは比べ物にならないほど気持ちよかった。

しかし時田の方はまだ理性が残っている。まだだ。もう少し焦らして彼女の感度を上げておかねば。

時田はそのまま下着をはぎ取りたくなるのを耐えて、しとどに濡れてくる亀裂に少し力を加えてさらに擦った。その指が布越しに奈々美の淫粒を刺激し、すすり泣く声を大きくさせる。

「あ、あぁあっ…ふぁ…、ぁんっ」

奈々美は堪らなくなって、時田の肩に置いていた手を首に回し、彼の頭を引き寄せると無意識に唇を寄せて首筋に歯を立てた。

「ってぇ…っ」

予想外の事に、時田は思わず呻く。が、甘噛み程度の刺激が、却って時田の嗜虐心を煽る結果となった。

「あ、ごめ…なさ…」

奈々美はなんでそんな事をしてしまったのか分からない。しいて言えば本能的なものだろうか。

「…ったく、悪い子だなぁ。お仕置きが必要？」

噛まれた首筋を左手でさすりながら、時田の声は笑っている。

「だって…」

糖度を含んだ弁解の声に、体を剝がして瞳を覗き込んだ。幼く見える丸い頰を紅潮させ、堪らなく欲情した奈々美と目があい、背筋がゾクゾクする。

いたいけな子供を犯しているような、背徳的な興奮が時田の脳を支配した。やばいだろ、俺。そんな趣味はない筈だし、こう見えて彼女はちゃんと成人した大人だし。

「…だって、何？」

「どうしよ……、あの…、…すっごく、気持ちいい、…んですけど…」

「バカか、あんたは！」

掠《かす》れた声の、正直すぎる台詞に歯止めが利かなくなる。

時田はつい我を忘れて彼女に覆い被さる。

そのまま、散々弄って固くした、豊かな乳房のてっぺんに吸い付いた。

「あ、やぁ…んっ」

こりこりとしこっていた先端に舌を巻き付けてねぶる。そのままちゅくちゅくと音を立てて吸った。

「あ、…やっ、はぁ…あぁ…っ、んふぅ…っ」

絶え間ない奈々美の甘い喘ぎ声が時田の鼓膜を刺激する。

もう片方の胸も手のひらでもみくちゃにする。時田の大きな手からもこぼれんばかりの豊かな乳房を思い切り揉みしだきながら、固くなっている乳首を人差し指でぎゅいぎゅいと押し潰した。

「や…、もうダメぇ…っ」

奈々美の嬌声がひと際高くなる。

唯一残っていたベビードールのアンダーバスト部分のリボンが、未練がましく彼女の裸体に引っかかっていた。

やばい。

半端に残るリボンの結び目と、時田の唾液に塗れて紅く色付いた胸の先端がめちゃめちゃエロい。

さっさと無理矢理ねじ込んで泣かせたくなる。

そんな衝動が時田の脳裏で炸裂したが、必死で堪える。

初めての彼女に、そんな無理をさせられない。

――恋人でもないのに。

辛うじて掻《か》き集めた理性で、再び膝を持ち上げて太腿を大きく割った。

脚の間に頭を沈めて布越しに舌を走らせると、ぴったり貼り付いた薄い布はすっかり湿り気を帯びていて彼女の秘所の形をうっすら浮かび上がらせていた。

「や、ときたさん、…やぁっ！」

イヤイヤと子供のように首を振るのは、感じている証拠だろう。

小さな布きれを横にずらして、今まで誰にも触れさせた事のない淫部を外気に晒す。年端のいかぬ少女のような薄い陰毛の下に、驚くほど綺麗なピンク色の花弁がねっとりとした甘い蜜を滴らせていた。思わぬ興奮が時田の背筋を駆け抜ける。

（初めてのくせに）

男を誘う美しくも淫らな肉襞がひくひくと蠢き、陶然と誘われるまま長い指を潜りこませる。

ぷちゅ、ぷちゅりと音を立てて、時田の指は奈々美の蜜口に沈んでいった。それでもまだ、入るのはせいぜいが一本だ。

「ひゃ…ぁ、んん、ん…！」

蜜源から溢《あふ》れる愛液が、ぐちゅぐちゅと時田の指を濡らしている。

「本当に…感度良いね。こんなにいやらしく濡らして、初めてとは思えないくらいだ」

「や、ぁ、だって…ふぁ…っ」

「わかる？　自分の濡れてる音」

中をかき混ぜる指が、ぬちゅ、んちゅと信じられないほど淫猥《いんわい》な音を立てていた。

恥ずかしいのか、奈々美は自分の腕で顔を覆って、何も言えなくなっている。

それでも快楽に捕らわれてはいるのだろう。

時田が手を離しても、奈々美の足は開いたままだった。

ほくそえんで、ショーツのサイドリボンを解くと、トロトロと濡れそぼった淫部全体に唇を軽く開いて吸うように押し当てた。

「…っひぁ」

奈々美の背が弓のように反り返る。

逃れようと跳ねる太腿を抑え込み、時田は舌を尖らせて亀裂を割るように舌を潜り込ませる。

「ひゃうっ、…ぁあ、ダメ、そこいやぁ…っ」

激しい快感に翻弄されて、奈々美はもう自分が何を言っているのか分からなくなっていた。ただ、生き物のように蠢く時田の舌が、容赦なく肉襞の奥を探って奈々美を狂わせる。

やがてそこを濡らす粘液をじゅぷじゅぷと舌を動かして舐めあげると、亀裂を開いて小さな肉芽を探り出した。

尖らせた舌で擦るように刺激し、軽く歯を立てる。

「あぁぁ…っ！」

「さっきのお返しな」

そんな時田のセリフも聞こえず、奈々美は膝を折った足のつま先をぴんとそり返らせると、ぎゅっと子宮を収縮させてびくびくと躰を震わせる。頭の中が真っ白になっていた。

「イっちゃったんだ？」

面白そうな男の声に反応したのか、開いた足が無意識に閉じようと力がこもるのを感じて、時田はがっちりとその太腿を抑え込む。

「素直で可愛いなあ、倉島さんのここ。美味しくてとても綺麗だし」

「そ、そんな事ないです…」

途切れそうになる意識を何とか保たせて、奈々美は反射的に答える。

「見た事あるの？」

「なっ、ないけど、でも！」

「しっとり濡れてすっごく綺麗なピンク色。襞《ひだ》もヒクヒクしてて、無性に誘われてる気分になる」

「や、恥ずかしいです…っ」

本当に恥ずかしいのだろう。ぎゅっと目を瞑《つむ》ったたまま、彼女の頬は真っ赤に染まってい
た。

「正直に言ってみな？　まだこんなんじゃ、足りないだろう？」

分かりきっている答えを、時田はわざと訊いた。

「………もっと…欲しい、です」

刺激が、という事なのだろう。

どこまでも正直であろうとする彼女が可笑しくなる。

中指を蜜口に滑らせてそっと奥に押し入った。先程よりはすんなり時田を受け入れてい
る。

ぎゅっと締め付ける感触に、時田は口の端を上げて笑った。

「またイきたくなったらイっていいから」

そう囁くと、濡れそぼった蜜洞を中指で出し入れして犯しながら、ぷっくらとその存在
を主張し始めたクリトリスを再び舌先で押し潰すようにして刺激してやる。

もうなにも考えられないのか、時田の頭上からはすすり泣く声しか聞こえなかった。

何度も抜き差ししながら少しずつ沈められていく指が、ある一点を突いた時、奈々美の

躰が大きく跳ねる。

「あぁん…っ！」

再びイったらしい。蜜口から今まで以上にとろとろと蜜が零れて太腿を濡らしていた。

なんて啼《な》かせ甲斐のある…。時田の興奮もますます高まっていく。

「指、増やすよ」

返事も待たず更に人差し指も挿入し、熱く蕩けているナカをぐちゃぐちゃに掻き混ぜた。

もっと、とねだるように奈々美の腰が浮く。

「指じゃもう足りないみたいだな」

「だって…こんなの…」

「気持ち好過ぎる？」

「うん」

素直な返事が可愛かった。

「どうしたいか言ってみな」

分かりきっていても言わせたくなるのは男のサガだろうか。

「時田さんの……挿れて…」

怯えの滲《にじ》んだ、小さな声が情欲を誘った。

上体を起こして既にいきり立っていた時田自身に素早くゴムを被せると、彼女の膝裏に腕を差し込んで腰を浮かせる。

まだきついであろうその孔《あな》に、時田はゆっくりと躰を沈めていった。

奈々美の身体が硬直し、歯を食いしばるのが分かる。思った以上に痛みが大きいのだろう。感度が良くても初めてには違いない。

「倉島さん…力、抜いて」

「や、無理…っ」

「大丈夫だから、本当に無理だったら途中でやめてもいいから」

「や、やめちゃ、嫌です」

「なら、ほら…」

上体を倒し、彼女に覆いかぶさる体勢で、時田は彼女の額に口付けた。ついでに張りつめた乳房を優しく愛撫してやる。

心なしか、ほわっと微かに力が抜けた。

すかさず時田は熱く煮えたぎったぬかるみの中に、痛いほど屹立しきった自身を押し込んでいく。奈々美の潤った蜜洞が時田に絡みついて締め付けた。

「あ、ふぁ…、すご…、…やぁぁ…ふぁっ」

痛みが辛いのか、奈々美の白い首が反り返る。その反動で奈々美の乳房が時田の胸板に押し付けられる形になった。それすらも刺激になったらしく、奈々美の内側は時田をぎゅうぎゅうと締め付けてくる。

「すっげえ、倉島さんの中、気持ちイイ」

「ほ、本当に？」

泣きべそをかいた声が聞き返す。

「ああ。きついけど熱くて…絡み付いてくる」

「わ、わたしも…熱いです」

バターかチョコレートでできた体に、熱したナイフを差し込まれたようだ。触れ合った場所からぐずぐずに溶けていく。

「もっと熱くして良い？」

「………はい」

ふにゃっと奈々美が無理矢理笑おうとするから、思わず愛おしさが募ってしまった。

きつい彼女の中を往復し始める。

奥に到達するのは困難だったが、内壁を擦る摩擦熱が、どうしようもなく時田を昂《たか》ぶらせた。

「最初からこっちでイかせるのは無理かもしれないけど…」

「うん、気にしないで、時田さんがイって――」

ゆっくりだった抽送が、その言葉で加速を始める。

ぎりぎりと締め付ける圧迫の中を行き交いながら、時田は今までになく自分が興奮していることを自覚していた。いつもならもっと余裕があるはずのセックスが、今は獣同士の交尾のように無我夢中になっている。

こんな事はまだ十代の、セックスを知り始めた頃以来じゃないだろうか。

目の前の恋人でもなんでもない女を、無性にがつがつと食《は》んで壊してしまいたくて仕方がなかった。薄い皮膜《ひまく》を取り外し、泣き叫ぶ彼女の中に精液をぶち込みたい衝動に駆られる。彼女だって時田に捕食されることを望んでいる筈だ。なぜなら彼女は時田の獲物なのだから。彼女が自ら食まれたくて時田の前に来たのだから。

（食っちまいてえ…）

そんな埒もない妄想と闘いながら、奈々美のナカで時田はとうとう昇り詰めて弾けたのだった。

◇

時田がシャワーで汗を流して浴室から出てくると、奈々美はまだベッドで丸くなっていた。

疲れたのだろう。

少し無理させてしまったかもしれない。思った以上に体の相性がよく、ついエキサイトしてしまった。

うまく自分をコントロールできなかった後悔が、時田の心に小さな苦みとなって残る。

「大丈夫？　水でも飲むか？」

備え付けの小さな冷蔵庫にはペリエとミネラルウォーターが入っていた。

時田の問いに、奈々美はもぞもぞとシーツの中から声を出す。

「…どうして？」

時田の問いに答えず、ぽわんとした声で、それでも明確な意思を持って奈々美は訊いた。

「何が？」

「時田さん…キスだけしなかったですね」

体中にはされた。額や頬、首筋、胸やお腹、そしてアソコにも…。思い出すとまた顔が熱くなった。どこも信じられないくらい気持ちよかった。

でも、唇にだけは触れなかった。特に嫌がったつもりはないのだけれど。

「…ああ、それくらいはちゃんと好きな人とした方がいいかなと思って」

淡々と答える。時田はあくまで試験体だ。彼女が男を知る為の。あるいは彼女自身が女である事を知る為の。

目的から逸脱したくはない。

そう思ったから線を引いた。

時田の答えに、奈々美はくすくす笑い出す。

「時田さんて、意外とロマンティストですね」

「…！」

素直な感想なのかもしれないが、奈々美のような経験値の低い女子に言われるとからかわれた気分になる。

意外とってなんだよ。さっきまで処女だったくせに。

「悪かったな」

拗《す》ねた時田の口調に、奈々美はますます小さな声で笑い出す。

「非処女なのにファーストキスはまだって…珍しくないですか？」

「え」

キスもまだだったのか。

そりゃあ、彼氏が今までいた事ないって話だったし、あり得なくはないけれど。

「でも…ご厚意は無駄にしないように頑張ります」

「あっそ」

わざとそっけなく返す。今回の件は情を絡ませるような事ではない。

「たぶん…その日は来ない可能性が高いですけどね」

どこか、哀しみを帯びた声に時田は眉を上げた。

……ああ、そうか。好きなやつがいるんだ。勘のいい時田はあっさり気づいた。

恐らくは片思いで。俺は当て馬って事か。当て馬ともちょっと違うかもしれない。言うなれば代用品てとこか。

こんながっかり女子にそんな相手がいた事が意外だったし、だからこそこんな突拍子もない事を思いついたのか、とも変に納得してしまう。

しかし、こんな女が好きになる相手はどんな奴だ?

一瞬、そう考えかけた自分を時田は窘《たしな》める。

関係ない。自分たちは今回限りの付き合いなのだから。

会社の廊下ですれ違えば目線で会釈程度の。

「ご所望だったらキスくらいいつでもするけど？」

「やめておきます。もったいないし」

もったいないって何がだよ？

時田は微妙な苛立ちを、ペットボトルのミネラルウォーターと共に飲み込む。

「時田さん、ありがとうございました」

ものすごく素直な声で奈々美は礼を言った。なぜかそれがあまり面白くなかった。

「…どういたしまして」

「あの…時田さんにお願いしてよかったです。その…すごく気持ちよかったし…すてきでした」

それが奈々美にとっての最大の謝辞と褒め言葉である事は、時田にだって分かる。――分かりはするけれど。

「……光栄至極」

自分の声がえらく乾いている事に戸惑いながら、時田はさりげなく奈々美に背を向けたのだった。

4. 魔窟探検

翌週半ば、会社で行われる定期健康診断の結果表を持って時田が総務に赴くと、そこに奈々美はいなかった。

同じく庶務課の志木亮子《しきりょうこ》が、結果表を受け取りながら「あら、時田君また背が伸びたんじゃない？」とからかう。

四十代の志木は、奈々美と二人で庶務を取り仕切っているベテラン社員だった。

「んなわけないじゃないですか」

苦笑しながら奈々美の席をそっと窺《うかが》ったら、隣の島の柳原栞と目が合ってしまった。

庶務課と経理課は、机の並びが別になっているだけで同じ総務室内なのだ。

統括室長でもある総務課長、葛城《かつらぎ》は留守のようだ。この時間なら定例会議に出席中だろう。

一瞬、柳原に対し身構えそうになるのを堪える。

奈々美に時田を薦めたのが彼女だとしても、二人の間に何が起きたのか、彼女はまだ知らないはずだ。

——たぶん。

しかしその考えは甘かったらしい。

おっとりしたその顔に、魔女の笑みが瞬間的に浮かぶ。

やべ、何か勘付いてる。

時田の脳裏に警鐘が鳴り響いた。週末の一件は時田は奈々美の要望に応えただけで、決して悪い事をしたわけではないのだが、それでも喧伝《けんでん》したい内容ではない。

「あれ？　志木さん、奈々美ちゃん、風邪ですか？」

柳原はさりげなく会話に割り込んで情報を落としてきた。

「うん、病欠。ここんとこちょっと熱っぽい顔してたでしょ。本人はずっと大丈夫だって言ってたけど、昨夜とうとう熱が上がっちゃったらしくて…でも病院にはまだ行ってないらしいのよ。高熱で動けないみたい。立てるようになったら行きますとは言ってたけど、インフルじゃない事を祈りたいわね」

朝晩冷えこみはじめ、インフルエンザの流行予想もニュースで流れはじめている。

志木は困った顔で苦笑した。奈々美がインフルエンザの場合、彼女が出勤できない間のフォローを頭の中で組み立てているのだろう。

「まあ、忙しい時期じゃないから手は足りてるんだけど…あの子も自分に無頓着なところがあるからねえ、ちょっと心配」

少し出来の悪い妹を持った、心配性の姉の口調で志木は肩を竦《すく》める。

「そうですね、こう言う時、一人暮らしはちょっと心細いかも。時田さん達も営業から帰ったらうがい手洗い忘れないでくださいね」

最後のセリフだけいかにも取って付けたように時田に向けた風を装っているが、最初からすべて聞かせようとしたのは明白だった。

「ええ、気を付けます。外との接触が多い分、人一倍注意しますよ」

負けじと完璧な営業用スマイルを浮かべて、時田はその場を辞去した。

◇

その日の午後、さほど混んでいない社員食堂で、定食のトレイを手に時田は窓際の席に座った。

ぼんやりと眠くなりそうな窓越しの日差しに、奈々美のゆるい笑顔を思い出す。

する。

風邪、か…。

いかにも彼女が罹《かか》りそうな気がするし、逆に彼女なら風邪の方が避けて通りそうな気もする。

奈々美は良くも悪くもマイペースだ。しかも一人暮らしなら尚更自己管理は必須だろうが、その辺りの彼女の認識レベルはわからない。

もうそろそろ病院へは行ったのか。万が一インフルエンザの場合、発症から四十八時間を超えると抗ウイルス剤は効かない筈だ。まずは無事に通院できるといいのだが。

とは言え業務上、インフルエンザの診断を受けた者は最低でも一週間の就業禁止が言い渡される。会社でウイルスをばら撒《ま》かれたら業務に支障をきたすという危機管理マニュアルによるものだ。

時田は営業の常で、流行する前に早々に予防接種を受けていた。型が違えば罹患する事はあるので、鉄壁の防御とは言い難いが、それでも受けないよりはマシだろう。

それが功を奏しているのかどうか、今のところ罹患したことはなかった。

見舞い…ってのも変だよなあ。

それほど親しくはない。

あくまでも彼女との付き合いは一過性のもので、それを彼女も望んでいる筈だ。

営業と言う部署柄、社外で食べる事が多い彼にしては珍しく、Aランチのチキン南蛮をつつきながら、時田は独り考え込む。

彼女だって子供ではないのだ。病気くらいそれなりに対応するだろう。

…一抹の不安がないと言えば嘘になるが。

あの日、結局彼女はそのままベッドで眠りこんでしまい、ホテルは休憩ではなく泊まりになった。

空調が効いていたとは言え、裸に近い恰好《かっこう》で眠りこんでしまったのは、時田が無理をさせたからばかりとは言えまい。

『あの子も自分に無頓着なところがあるからねえ』

志木女史の言葉が耳の奥に蘇《よみがえ》る。

それは大きく頷ける言葉だった。あれだけ自分の外見に金をかけてなさそうな女を、時田は初めて見た気がする。それと健康管理が同義かどうかは別にして。

「あら、時田さん。社食に来るなんて珍しいですね」

背後から話しかけられて、振り返ると柳原の顔があった。

手にしたトレイの上にはオムライスとサラダが乗っている。

「今日は外回りがなくてね。それより柳原さんさあ…」

ここで会ったのも何かの縁だろう。という事にしておく。奈々美の情報を聞き出すなら、事情を察していそうな彼女が一番手っ取り早いだろう。

「何ですか?」

「同じ社員同士でも別部署の個人情報の開示はタブーだよね?」

「ええ、もちろん」

当然とばかりに柳原は笑って答える。プライバシーのやり取りはプライベートでするのが鉄則だ。

「じゃあさ、例えば誰かが書いた住所のメモを、同じ社内の人間が拾う可能性はあると思う?」

柳原の頭の中で、素早く電卓が叩かれる音が聞こえた。

時田の案にのるリスクとメリットを秤《はかり》にかけているのだろう。

「…可能性は低いと思いますが…、そうですね、皆無とは言えないんじゃないかしら?」

一般的女子にとってのありがちなメリットはなんだろう?

時田は自問自答する。

もちろん答えは分かっている。

例えば身近なゴシップ――、特に人の色恋を高みの見物とか、な。

◇

土曜日の午後、時田はとある私鉄駅を降りた小さな街を歩いている。

時田のマンションの最寄りの駅と、数駅しか離れていない同じ沿線のその街は、用事がなければ訪れる事はないであろう、何の特色もない町だった。

駅前の商店街は八百屋や豆腐屋のほかにチェーン店系列の居酒屋やファミレス、小さなスーパーやコンビニ、ドラッグストアなどが並び、それほど大きくはない。路地一本入ればすぐに住宅街と言った体である。

数日前、予定通りたまたま目の前に落ちてきた奈々美の住所は、その駅からはさほど離れていなかった。

マップ検索で住所を探索しながら何の変哲もない住宅街を歩いていると、かなり年代物のアパートの前に出た。

見るからに木造建築だろう。はっきり言ってぼろい。

駅から近い事を差し引いてもかなり家賃は安いんじゃないだろうか。

表札は出ていなかったから、表示の部屋番号で探す。

一階の、道路から入って一番奥の角部屋だった。

呼び鈴がなかったから、玄関扉をノックする。

反応がなければ諦めようと思ったが、中からはごそごそと動く音が聞こえた。

壁も相当薄そうだ。

「あの、どちら様…」

中から問いかける声に「時田だけど」と答える。

「え？　ひゃん！」

変な悲鳴とともに、鍵が開く音がした。

僅かなすき間から、時田を見上げる小さな姿が見える。

熱があるのか紅潮した頬、ぼさぼさの髪、着古した長袖Tシャツ。

…と言うか、人前に出るなら一応ノーブラなのは隠そうぜ！

内心のツッコミを、病人なんだからと飲み込んだ。

「急にごめん。近くに来たから一応見舞い」

駅前のコンビニで買ったスポーツドリンクと冷却シートを差し出した。

「うわ、すみません！　あの家の中、散らかって…」

「いやいいよ、すぐ帰…」

言いかけて、隙間から見えてしまった部屋の中に一瞬思考が止まる。

一応、奈々美はその体で視界を遮ろうとしていたようだが、二人の身長差では隠しようがなかった。

見舞いに行こうと暗に意思表示した時田に、柳原は意味ありげな視線を送ってきたのだ。

『見ちゃったら…引き返せないかもよ？』

あのセリフの意味が今なら分かる。

……あまり分かりたくはなかったが。

「えーと…寝てたんだよな？」

「え、ええ…」

「病院は？」

「行きました。ただの風邪だそうです」

「熱は？」

「えーと、たぶんまだ、あるんじゃないかなー…」

「たぶんてのは？」

「その、体温計がどっかいっちゃって…」

「そうだろうよ！」

最後に思わずどなり声を上げると、時田はドアノブに手をかけてむんずと全開にした。

「ちょ、ちょっと、何するんですか!?」

「何だこの部屋はおらぁ！　こんなとこで寝てたら治るものも治らねえよ！」

顔さえ見れば帰るつもりだったのだ。負担にならない程度の見舞いの品だけ渡して、無事を確認できればそれでよいと思っていた。

のだが。

噂では『片付けられない女の部屋』の存在を聞いた事はある。

しかし実際に見たのは初めてだった。

部屋が汚い。どう見たって、熱を出してたから散らかりましたという、ここ数日の堆積《たいせき》量ではない。

正直、足の踏み場もない。

布団も敷いていなかった。

一年中活躍しているのか、炬燵《こたつ》に体を突っ込んでいた跡だけが見える。

その時点で、一人暮らしの女性の部屋に無断で立ち入るタブーなんてフラグはあっという間に瓦解《がかい》した。普段の時田なら見えぬふりをして、回れ右して帰れという理性の脳内命令もなぜか同様に霧散する。

どう見ても病人が安眠できる環境じゃない。幸いにも治りかけなのか、やや頬は赤いものの奈々美の病状は今のところ落ち着いているらしい。

「五分だけ外で待ってろ」

それだけ言うと、自分の上着を彼女の肩にかけてそのまま部屋に突進した。

とりあえず物が積んであるスペースを力ずくで脇によせると、どうみてもゴミに見える物を持ってきたコンビニ袋に詰め、それでも足りなかったので、その辺に落ちていた袋も使った。その他炬燵の上にあった食器類はすべて流しの中へ放り込み、布団をはずした炬燵自体も脇にのける。炬燵の中で放置されていたらしい、脱ぎ散らかされた靴下らしきもの（複数）は脱衣カゴへ放り込んだ。

炬燵の上が何もなくなった時点で窓を開け、炬燵布団は手すりに干してしまう。換気しながら人が寝られるスペースを確保し、部屋の隅にあった掃除機をざっとかけると、押入れを開けて引っ張り出した布団も軽くはたいて、炬燵布団と入れ替えに干す。

そのまま正方形の炬燵布団を二つに折って簡易寝床をしつらえた。なぜか枕が見つからなかったから、座布団を二つに折ってバスタオルを巻きつけ、枕代わりにしたところで、奈々美を呼んだ。

「薬は？」

「あ、さっき…」

「じゃあ、いいな。でも水分だけとっとけ。あ、できればその服も着換えろ。何か着るものは?」

「は、はい…」

あまりの迫力にたじたじとなりながら、彼の視線を避けて部屋の隅で奈々美は着替えた。その合間にも、時田は二つ折りにした炬燵布団を腰高窓についたバルコニーの手摺に干している。

「とりあえず、ここで寝てて」

そう言って寝床を指差した。

「へ? あの、その…っ」

「いいから寝ろ!」

時田の目は殺気立っている。恐ろしさの余り、逆らう事なんてできそうもない。

ごそごそと寝床にもぐりこむと、冷却シートを額にぺしりと貼られた。

突然特に親しくもない男性の同僚がやってきて部屋を片付け出したのだから、眠る事なんてできようはずもないが、逆らうのも怖いので大人しく目だけをつむる。

ぱたぱたと、それでも極力音を立てないように時田が動いているのが分かった。

流しから食器を洗う音が聞こえてきて、いったい何が起きているのだろうとぼんやり思いながら、やはり病気のだるさには勝てず、いつしか奈々美は眠りに落ちていった。

◇

次に目が覚めたときには、部屋はすっかり片付いていた。

と言っても、本やＣＤ等、同じ種類のものを分けて重ねたくらいだが。しかし、今まで見えていなかった床が半分以上見えているのは快挙である。

脱ぎっ放しや洗いっ放しだった衣類もきちんと畳んで重ねてあるし（下着類がなかったのはせめてもの救いだ）、使用したまま放置されていた食器はすべて洗われ水切りかごに入っている。

流しの水気も綺麗に拭ってあった。

部屋の反対側には干し終わった布団が置いてある。

「熱はどう？　どこか苦しいところは？」

「ありがとうございます。発熱だけだったし…それも下がったみたい。かなり楽になりました」

時田は冷却シートを剝がすと、彼女の額に手を当てて確認する。

「うん、大丈夫そうだな。一応、体温計発掘したから計っとけ」

「……はい」

「衣類は極力触ってない。靴下やどう見ても洗った方が良さそうなのだけ脱衣所の籠の中に入れてある。大量にあった本とCDやDVDは適当にまとめた。あと溜まってた食い物の空容器とかDMやチラシは全部捨てたからな」

部屋の隅に固まっているごみ袋の数を見て、奈々美は肩を縮めた。

「ありがとうございます…」

「できればもう一回着替えとけ。汗かいてたし、まめに水分も取った方がいい」

「あの…」

「じゃあ、俺はこれで」

「時田さん！」

言うだけ言って目も合わせようとしない時田の腕を、小さな手がひしと摑んだ。

振り返った時田の顔が奇妙に歪《ゆが》んでいる。

怒りとも困惑ともつかない顔だ。

「その、今日はありがとうございました」

「言うな！」

「だって…」

「悪かったよ、勝手な事して」

「えっと、それは…」

「大して親しくもないのに余計な事をしてる自覚はある。悪かった」

どこか気まずい時田の表情のわけに、奈々美はようやく思い当たる。

自己嫌悪だった。

出過ぎた真似をした自分への。

あの日、時田と奈々美はわざと携帯電話の番号やメールアドレスを交換しなかった。

その場限りの付き合いを、奈々美が望んでいると時田が察していたからだ。

それなのに、突然家へ押しかけ、あまつさえプライベートな部分に踏み込んだ。

——汚部屋だが。

病気だろうが事故だろうが、すでに終わった関係なのだから見ないふりをして放置すべきだったのだ。

分かっていて、そのルールを逸脱してしまった。

そんな自分に腹を立てている。

なんて律儀な人だろう。

奈々美は少しおかしくなった。

「あの…せっかくだから晩ごはん、食べていきませんか?」

「あ? 俺、料理はあんまりできないけど」

「そうじゃなくて…近所のお蕎麦《そば》屋さん、美味しいけど一人前だと出前してくれないんですよ」

「……ああ」

奈々美の意図に気付いて、時田は体の力が抜けるのを感じた。

ある程度の片付けを終え、ある種の興奮が収まった途端に、余計な事をしてしまったという居心地の悪さを感じていたのだ。

しかし奈々美はそんな時田に無邪気な笑顔を向けて言った。

「美味しいんですよ、そこの鍋焼きうどん。片付けて下さったお礼に御馳走《ごちそう》しますから。…ダメですか?」

「…これが毒を食らわばってやつか?」

「ええと…微妙に違うと思いますけど」

反論する気力も既にない。やり慣れない余計なおせっかいをして、どっと疲労が押し寄せてくるのだけが分かる。

「まあいいや。じゃあ御馳走してくれ」

投げやりな気分で時田は床に腰を下ろす。

「はい」

奈々美はにこにこと頷いて、蕎麦屋の電話番号をコールした。

そろそろ夕闇が落ちて来そうな時刻だった。

5. ときめきと欲望の隙間

「どうですか？」

綺麗に拭き清められた炬燵の天板の上で、湯気の上がった鍋焼きうどんを二人ですする。

なるほど、いろんな具材の乗ったその鍋焼きは、出汁をしっかり利かせているせいか決して味が濃すぎず確かに美味しかった。

最後に浮かんでいた蒲鉾《かまぼこ》を箸でつまみながら、時田は半ば自棄で思いつくままを口にした。

今更線引きを多少修正したところで意味はあるまい。

「倉島さんてさあ…」

「はい？」

「小説とか書く人？」

「ぎゃ！　なんでそれを！！」

熱が下がっていた筈の顔が、見る見る真っ赤に染まる。

「そりゃあねえ、一応部屋を片付けさせてもらったし、大量の紙の束、わざわざ読んだりはしなかったけど多少は目に入ったし」

初めは何だろうと思った。

無造作に散らばっていた紙の束には、赤ペンの修正跡まで入っている。

「……………」

よほど見られたくなかったのだろうか、奈々美は俯いて震えている。汚部屋を見られるより恥ずかしい事ってあるんだなあ、と時田は妙なところで感心した。

「ごめんね。忘れて欲しかったらそうするから」

時田は悪びれずに言った。もう、この際嫌われようが軽蔑されようが構うもんかという気になっていた。

ぶっちゃけ、子供が開き直る態度に近かった。

どうせ嫌われるなら訊きたい事は我慢せず聞いてしまえと思ったのだ。

「中国の…春秋時代が好きで…」

「え？」

「兵法を書いた孫子《そんし》の時代って言ったらわかるでしょうか。あ、孔子《こうし》や孟子《もうし》といった論客も多数出てますけど…戦国前のまだ周公に権威があった時代で結構長いんで、特にその前半の――」

「ちょちょちょ、ちょっと待って！」

孔子や孫子の兵法くらいは耳にした事はあるが、その内容は知らないし後半に至ってはちんぷんかんぷんだった。

「…あの世界を、その、自分でも脳内再現《リプレイ》してみたくて…」

「えええ!?」

確かに期せず視界に飛び込んできたのは堅そうな文章だった。

一瞬、大学の講義レポートかと思ったくらいだ。

しかし目の前のちんちくりんな彼女と中国の歴史などという壮大な大河がまったく結びつかない。

うっそー、マジですか？　ってのが本音である。

「――え？　えっと何？　倉島さんって歴女ってやつ？」

とりあえず最近の知識でイメージのギャップの補完を試みた。それにしたって、時田の中の一般的ヲタクイメージとも微妙に外れるが。

「どうでしょう。大きなくくりではそうかもしれませんけど、普通はゲームとかから派生してるのが多いし、私が好きな時代はやっぱりマイナーだと思いますけど…。あ、カードゲームとかではあるのかな？」

何故か有名将軍や軍師が女性化していて布地の少ない謎の衣装を着ていたり。その手のものは奈々美もあまり興味がないので詳しくはない。

「ふ、ふーん…」

説明されたがやっぱりよく分からなかった。

あまりに耳慣れない世界の話を聞いて、時田は面食らうばかりである。

「あくまで趣味ですけどね？」

恥ずかしそうに、上目遣いで時田を見上げた。

その表情が、一瞬可愛く見えて時田は焦る。どうにも奈々美といるとペースが崩れて心臓に悪い。身の安全を図るべく、時田は奈々美から視線を外した。

「ごめん、言い難い事言わせて」

しかし話はそれで終わらなかったのである。

「いえ。実はその……」

奈々美は言おうかどうしようか迷う素振りを見せながら土鍋の中のうどんをつついていたが、意を決したように顔を上げて言った。

「何？」

「あの日…時田さんに抱いてもらった後、何かすごかったんです」

「え!?」

相も変わらず突拍子もない奈々美の言葉に、時田は目を白黒させた。

凄かったって何がですか!?

今まで大抵の相手とは言わんとすることを察しながらスマートに会話できた時田だが、どうやら奈々美は規格外、天然の珍獣に近い。先が全く読めなくなる。

そんな時田の動揺に気付くことなく、奈々美は高揚した口調で捲《まく》し立てる。

「もう脳内モルヒネとかドーパミンとかエンドルフィンとか？　そういうの分泌しまくっちゃって、興奮して何か書かずにいられなくて…、帰ってから数日、もう不眠不休に近い勢いで書きまくっちゃって…」

その時の興奮を思い出したのか、奈々美の頬は更に紅潮していた。

「なんていうか…今まで知識でしか知らなかったことを肌で実感できたのがもう嬉しくて嬉しくて…そうしたら目の前に色んな世界が開けちゃって」

一方、時田はどう反応して良いか分からず、息を呑《の》んで黙り込んでいる。

そんなにすごい事だったんだろうか。

そりゃあ、それなりに気持ち良くなるよう努力はしたけど。

女にとって処女と非処女の差はそんなに大きなものだろうか。

自分が童貞を卒業した時はどうだったろうと考えてみたが、遠い日の事過ぎてよく覚えていなかった。

「…で、何となく体が熱い気がしたんだけど、きっと興奮しているせいだなあと思って、あまり気にしなかったんですよね。そうしたら思った以上に発熱してたみたいで」

えへへ、と苦笑する奈々美に思わず首をかしげた。

…ってーと、何か？

お前さんは激しい興奮のるつぼ状態で、発熱にも気が付かなかったと。

そしてそれの発端は俺にあるのだと。

時田の頭の隅で何かがぷちんと切れる音がする。

「病気くらい、ちゃんと自覚しろ！　そして飯は食え！　熱が出てたらちゃんと休めよ、大人なんだから！！！」

思わず怒鳴ってしまった時田に、奈々美は「きゃん！」と動物じみた悲鳴を上げた。

怒りの矛先をどう収めてよいか分からず、時田は残っていたうどんを一気に啜《すす》る。

気圧されたのか、奈々美もそもそと食事を再開した。

しばらく部屋の中にはうどんを啜る音だけが響く。

「……で？」

大人げなく怒鳴ってしまった事をさらに謝り重ねる気にもならず、時田は言葉の接ぎ穂を奈々美に向けた。

「は？」

「それで倉島さんの好きな人は誰なわけ？　まさか歴史上の人物とか言うんじゃないよなあ？」

「な、違いますよ！　ってーか、何の話ですか。私好きな人がいるなんて一言も…っ」

「あいにく勘がいいのが取り柄でね。いないとは言わせない。さあきりきり吐けよ」

まるで時代劇か刑事ドラマのように芝居がかった口調で脅す時田に、奈々美は精一杯の抵抗を試みた。

「な、なんで時田さんにそんな事聞かれなきゃならないんですか！」

「言っとくけど、それが生身の男なら、たとえあんたが絶世の美女だってこの部屋を見たら百年の恋もいっぺんに冷めるぜ」

「ぎゃふん！」

痛いところを突かれたと思ったのだろう。それにしてもぎゃふんと言う言葉を本当に使う人間がいるとは思わなかった。やはりかなり変な女だと時田はしみじみ再認識した。

奈々美の顔は真っ赤になり、時田の意地悪なにやけ顔を睨み付けている。

「か、関係ないです！」

「あ、そう。その男はあんたのこの部屋の事をとっくに知ってるんだ」

「そ、そんなわけ、ないけど！」

おうおう、いっちょまえに恥じらいやがって。

とはいえプライベートを知るほどの仲ではないらしい。幼馴染みとか従兄弟とか、既に基礎的な関係を構築している辺りが、時田にとっての一番厄介な懸念材料だったのだが。

「俺だったら…その男が振り向くくらいにあんたを改造する事も出来るぜ？」

「ふぐ！」

それがあながち嘘でない事は、先日の一件で証明されている。時田にメイクを施されて、自分も結構イケるかも、なんて奈々美が思ったのは事実だった。恥ずかしかったから誰にも言ってないが。

「…ああ、別にいいのか、実らない恋ってやつも自分に浸れて気持ちいいもんなぁ」

追い打ちをかけるように、棘《とげ》のある言葉が続く。

「……んで？」

とうとう俯いてしまった彼女の声が、震えてよく聞き取れない。

「あ？　なんか言った？」

「なんでっ…そんな風に意地悪言うんですか!?　今までずっと親切にしてくれてたのにっ」

奈々美からしてみれば、時田は思った以上に親切な男だった。

言葉や事の運び方は多少意地悪で強引だが、それでも奈々美の望みに沿おうとしてくれていた。

アパートまで訪ねてきて掃除までしてくれたのは予想外だったが、時田なりのアフターケアのつもりなのかもしれないと、奈々美的に都合よく解釈していたのである。

その時田が豹変《ひょうへん》した。

わけが分からない。

時田の目がすっと細められ、涙で潤んだ奈々美の視線を捕らえる。

「それは…」

「それは？」

時田が、苦虫を噛みつぶしたように、さも不本意そうに顔を顰《しか》めた。

「俺があんたを気に入ったから」

「…………ええええええええええええ！？？？？？？」

怪音波のごとき奈々美の悲鳴に、思わず時田も両耳を塞ぐ。

「だだだだだだだだだってっ！！！！！」

「喚くなよ。ここ壁薄いんだろ？　それに俺だって気分は珍獣ハンターもいいとこだ」

よもや国内のこんな身近に珍獣が潜んでいるとは思いもしなかったが。

「私、時田さんに気に入られるようなことしてないですよね!?　え？　でもあれですか？　えっちな下着姿がツボったとか!?」

「バカ言うな！」

いや、それも皆無とは言わないけど！

それ以上のインパクトが彼女にはあったのだ。

いっそ笑えるほどの〝がっかり女子〟ぶりとか。

そのくせ無防備で無知な割ににひたすら突進してくるところとか。

簡単に転がせそうに見えて「イヤ」だけははっきり言うところとか。

珍しいどころじゃない。こんな奇妙なイキモノ、正直初めてだった。

放っておけなくなったと言えばメロドラマっぽいかもしれないが、そんな生易しいものではないだろう。

この女が、どこまで自分を楽しませてくれるのか、知りたくなってしまった。

……かな～り振り回されるリスクも高そうだが。

自覚してしまえば今更狼狽《うろた》えても仕方ない、と時田はあっさり腹を括《くく》る。

「そんなわけで。あんたの恋は徹底的に邪魔させてもらう。なんならさっさと俺の所有物宣言もさせてもらうから」

「そんなぁ！」

「それが嫌だったらさっさと吐きな。好きな相手って誰？　俺の知ってるやつ？　それとも社外？」

奈々美は口を噤《つぐ》んで答えない。そんなにやばい相手なのだろうか。でもこの珍獣が？

おいおい一応相手は人間なんだろうな。

「もし社内の人間なら、フラれるところまで面倒見てからでもいいけど？」

「フラれるの前提で推し進めないで下さいよっ」

「それは無理だろう。あんたみたいな残念女子、相手にできる男はそうそういないぜ？」

「～～～！」

奈々美は悔しそうに唇を噛む。が、時田の言う事もあながち外れてはいない。

「そこで詰まるところを見ると、社内だな？　さあ、さっさと吐いて楽になっちまえ」

小さな肩がぶるぶると震え、十秒ほど持続したのちにぼそりと声が発せられた。

「……総務の…葛城課長…」

呟かれた言葉に、中肉中背白髪交じりの温厚なやもめ姿が浮かび上がる。

「五十過ぎのおっさんじゃねえか！」

「素敵ですよね〜、あの穏やかさとか枯れ具合とか」

総務課長の葛城は、切れ者というイメージこそないものの、常に感情にむらがなく、人使いがうまい。

社内でも人望は厚く、時田も一目置いている上司の一人である。

とは言え、それとこれとは話が別だった。

「信じらんねえ！　こいつ枯れ専だった！」

歴史好きという時点で、渋好みは当然の帰結とも言えるが。

「毎朝お顔を拝見するだけで胸がドキドキしちゃうんです、キャッ」

葛城の顔を思い浮かべたのか、奈々美の頬がピンク色に染まる。一旦言葉にしてしまった事で、つかえてるものはなくなったようである。

「そこで可愛く乙女ぶるんじゃねえよ！」

突っ込んだが無駄だった。

がっかり女子のくせに乙女のときめきモードは健在らしい。

時田からすれば腹立たしい事この上ない。

「そんなおっさんやめて俺にしとけよ」

「無理ですよぉ。恋やときめきだけは、理屈や意志ではどうにもできません！」

「そりゃあそうだけど…」

時田の目がすっと細められた。

「俺からすればときめきと欲望は等価だと思うぜ？」

「え？」

「女子はときめきを神聖視する傾向があるけどな」

シニカルな微笑。

気が付けば、時田の顔が目の前にあった。

直角の位置に座っていた筈の時田の体が、今は奈々美の真横にある。

つられて奈々美も体を引いてしまう。

「――キスは、好きな人とさせてくれるんじゃなかったんですか？」

問いかける声がなぜか掠れる。

「あんたが、俺を好きになればいいだけの話だ」

「時田さんて――」

言いかけた口が時田の唇で塞がれた。

湿った唇がついばむように何度も吸ってくる。

息苦しさに耐え切れず開いたそこから、時田の舌が侵入してきた。

縦横無尽に動いて、歯列や口蓋を探られる。

「ん、ん…っ」

いつの間にか後頭部を大きな手が押さえ、奈々美は背中を抱かれて完全に時田の腕の中に閉じ込められていた。

さすがに経験値が高いだけあって、時田はキスもうまかった。

思い切り吸われたかと思うと舌を軽く甘噛みされ、啄《ついば》むように唇が触れては離される。

焦らすだけ焦らしてここぞという時にまた深く舌を差し込まれた。

（や、息できな…っ）

生まれて初めてするにしては濃厚すぎるキスに、奈々美は我を忘れた。

顔の角度を替えては深くなる口づけの中で、時田の長い舌は奈々美の歯列をぺろりと舐め上げ、逃げようとする彼女の舌を執拗に追いかけて捉える。必死で押し戻そうとするのが却って徒《あだ》になり、ぬらぬらと絡み合う形になった。

「ん、…んふ…、ふぁ…っ」

耳の奥で、互いの唾液がびちゃびちゃと音を立てるのが堪らなく淫らに感じる。息が苦しくて開いてしまった唇の端から、溢れる唾液がつうっと一筋流れ落ちた。

それでも時田は容赦なく口腔内を攻め続け、奈々美は下腹の奥に鈍い熱がずくずくと生まれるのを感じた。つい目を閉じて躰の中心に沸き立ちつつある快感を追ってしまう。

キスしかしてないのに、あの日、時田に身体を探られた時の熱が蘇ってきそうになる。

気が付けば、奈々美は時田の腕をぎゅっと握りしめていた。

キスが、こんなに気持ちのいいものだとは知らなかった。

ねっとりとした唾液が糸を引き、唇がようやく解放される。目の前には蠱惑《こわく》的に微笑む時田の顔があった。

「……ほら、時には欲望の方が強い」

背筋がゾクゾクするような低い声に囁かれて、奈々美は半ば悔しさも含めた潤んだ瞳で時田を見上げた。

「風邪…感染《うつ》っても知りませんよ?」

「一応、予防注射は打ってある」

インフルエンザのだけど。

「けど…」

「いやだったら抵抗しな」

言いながらもう一度口付ける。

奈々美は逃げなかった。逃げられなかった。

押しつぶされるように抱きしめられるのが心地よかったからだ。

パジャマ代わりのTシャツ越しに胸を探られる。ノーブラの胸を摑んではもみくちゃにされた。信じられないほど気持ちいい。

そのまま床に押し倒される。

小さな手が時田の背中をつかんだ。

ちょっとだけ嬉しい。

もう、いやらしい恰好とかしなくても、女として見てもらえたりするんだ。

…いや、あれはあれで楽しかったけど。

僅かに残る意識で奈々美はぼんやりとそう思う。

もう時田が与えてくれる気持ちよさは知っている。

身体に刻み込まれてしまった。

好きなのかと聞かれればよく分からない。

何で自分なんかをと思うからだ。

散々酷い事を言われている気もする。

でも――

「私、もし時田さんと付き合ったとしても、えっちしたいだけかもしれない。時田さんを、ちゃんと好きになれるかわからないよ」

キスの合間に、ようやくそれだけ言った。

「いいんだ。それはこれからじっくり仕込むから」

不敵に笑う時田の真意を確かめようと、じっと瞳を覗き込む。

「…さっきの、本気で言ってた？」

「さっきの、何…？」

「ときめきと欲望は等価だって…」

「それは…これからの俺の努力次第」

時田の目が欲望で潤んでいる。

少なくとも、彼に欲しがられていると思えるのは心地よかった。

そして時田に抱かれたいと思っているのも事実だった。

（私、酷いんじゃないかな……）

いつからかは覚えていないけれど、奈々美はずっと葛城が好きだった。

バツイチで独身と聞いてはいるものの、彼とどうにかなりたいなんて大それたことを考えた事はなかったし、それでも毎日顔を見られるだけで嬉しくてドキドキした。

ただ葛城に褒められたくて、認められたくて仕事も頑張った。

思い切って処女を捨てたのも、少しでも大人の女性としてふるまいたい、という下心がなかったとは言えない。

経験がないことで、卑屈になりたくなかったのだ。

その為に時田を利用した。

けれど、今、時田に求められて嬉しくなっているのも嘘ではなかった。

キスが繰り返される度に手足の力はふにゃふにゃと抜けていく。その一方で下腹の奥がきゅうと疼いていた。

触ってほしい。躰のあちこちにキスして、その大きな掌で躰中を撫でまわしてほしい。

彼が用意してくれたふかふかの布団の上で、ぐちゃぐちゃになりたいと切望している。

「時田さんて……、本当にロマンティストですね」

「悪かったな」

Tシャツはすっかりめくれあがり、既に昂ぶって紅く色付いた右の乳房の先端が、彼の舌にねっとりと吸いあげられた。ちゅくちゅくと唇で強く吸っては舌が生き物のように何度も絡みつく。

「あ、あぁ…ん、…や、…いやぁ…っ」

「相変わらず感度良すぎ」

時田は掠れた声で嬉しそうに囁くと、ちろちろと舌先で先端を擦る。

「や、ダメ…っ」

その動きの軽さがもどかしくて、思わず胸を突き出してしまう。

時田は如才《じょさい》なく左側の胸も揉みしだき、柔らかい丘陵に指を沈ませては先端をきゅっとつまみ上げる。そのまま手で搾り上げるようにすると、今度は左の胸を舌で愛撫し始めた。

もちろん、右手は唾液で濡れた右の乳房を可愛がりながら、である。

執拗な時田の愛撫と舌戯に、気持ち好過ぎて眩暈《めまい》がする。

息が、熱くて意識が溶けそうだった。

「ん……っ」

下着に手をかけられ、濡れた秘所を探られて奈々美は喘ぐ。前回よりももっとはしたなく濡れている気がした。

果たして奈々美の蜜口は愛液でぐっしょり濡れており、遠慮なく差し込まれた時田の指

が溺れそうになった。時田は最初から中指と人差し指二本を奥に潜り込ませながら、親指で紅く膨らんだ秘芯を探り当てて押し潰す。

ぐちょぐちょと響く淫水の音が堪らなく恥ずかしい。

「あ、んっ…やぁ…！」

思わず悲鳴のような声を上げてしまった。

「こんな時だけ、無駄に可愛いな。ったく…」

腹立たしそうに時田の声が呟くのが遠くで聴こえ、奈々美はおかしくなった。

「時田さん…」

期待に満ちた、潤んだ目で見上げたその時、時田の体がそっと離れた。

「残念だけど、今日はここまで」

「え？」

「ここ、壁薄そうだし…一応、病人だしな」

乱れた着衣を直しながら、時田はにやりと微笑む。

「疼いた体でしばらく考えてみてよ」

「そんなぁ…！」

疼くなんてものじゃない。体は時田を求めておかしくなりそうになっている。

半裸のお預け状態で、いかにも辛そうに奈々美の顔が歪んだ。

時田が欲しかった。欲しくて堪らなかった。あと少しでイケそうだったのに。こんなの、自分で続きをしたとしても全然足りないだろう。

激しく落胆した奈々美の顔を見ながら、勝率はやはり五分五分だと時田は睨んだ。

このまま抱いてしまえば、奈々美の事だ、手に入らなくはないだろう。

しかしそれでは、葛城への想いはいつまでもくすぶったままになりかねない。

それに…今更ではあるが自分がどこまで本気なのかも、もう一度落ち着いて考えたかった。

奈々美を抱きたいのはやまやまだが、リスクも決して低くはない。なにせ相手は珍獣だ。

空になった二つのうどん鍋をざっと洗って表に出すと、「じゃあ、御馳走様、薬ちゃんと飲めよ」とだけ言って、時田は奈々美のアパートから帰っていった。

いつもよりはかなりすっきりと整頓された自分の部屋で、奈々美はぽつねんと置き去りにされた心細い気分を味わっていた。

6. 告白スパイラル

背中を唇でなぞられる。

背骨、肩甲骨、腰の窪《くぼ》み。

同時に長い手は背後からやわやわと胸を揉んでいた。決して強くはなく、まるでひよこを愛撫するような、優しいがもどかしくも感じる手つきで。

『背中、綺麗…』

うっとりする声が、脳に痺《しび》れをもたらす。

もっと言って。

もっと私を欲しがって。

気づけば自ら下着の中に指を差し入れていた。潤いを増す秘所の中に、二本、三本――

だめ。

こんなのじゃ足りない。

もっと硬くて熱い確かなもので私を溶かして。痛くてもいい。激しく何度も出し入れして、何も考えられないくらい夢中にさせて。

そうしたら私は――

無茶苦茶に指を動かすと、軽く身体が跳ねた。

「イっちゃった…」

弾む息で呟きながら、動悸が収まるのを待つ。濡れた指をティッシュで拭って、奈々美は布団の中で目を閉じた。

時田が体の奥に残した疼きは、消えない熾火《おきび》のごとくまだ残っている。

自慰行為は初めてではないが、具体的な相手を思い浮かべながらするのは初めてだった。

どうしようもなく時田に抱かれたいと思う。

そんな自分が何故かとても浅ましく思えて、奈々美は布団の中で胎児のように体を丸めた。

◇

「奈々ちゃん…、最近何かあった？」

同僚の志木亮子の言葉に、奈々美はぎょっとして手にしていた備品管理ファイルを落としそうになる。

「え？　な、何もありませんよ」

「そうお？　な〜んか変わった気がするんだけどなあ」

「か、変わったって、何がですか？」

欲求不満が顔に出てるのだろうか。それだけは勘弁してほしいですお願い神様プリーズ。

奈々美は笑顔を引き攣《つ》らせて普段は存在さえ意識していない神に超高速で祈る。

「ん〜〜、可愛くなったって言うか、女っぽくなったって言うか…ねえ？　葛城課長」

思わず話を振られた課長の方を凝視してしまう。

彼から見ても自分は変わったのだろうか。だとしたらどういう風に？

「う〜〜ん、僕が言うとセクハラになりかねないからなあ」

葛城はいつもの穏やかな顔に苦笑を浮かべたまま、どちらともつかない返事をする。

奈々美は半分安堵《あんど》し、半分がっかりした。

否定されなかった事は嬉しいが、お世辞でも『そうだね、綺麗になった気がする』くらい言ってくれても罰は当たらないと思う。

時田との一件があって以来、少しは化粧らしきものをするようになった。

やはり苦手な事には変わりないのだが、以前より鏡と向かい合う時間は増えているかもしれない。

そんな自分がどこかむず痒く、でも不思議な事に負担ではなかった。

もっとも…元々基準より女子力がかなり低かったのだ。やっとこれで人並み、いや人並みの中の低い位置に入れたくらい、な気もする。

時田に抱かれて…と言うよりも、彼に告白のようなものをされて、どうも自分は舞い上がってるんじゃないだろうか。何が変わったわけでもないのに自分の価値が上がったような、そんな勘違いをしている気がしてならない。

（そもそも告白はおろか、男の人に興味を持たれたこと自体なかったもんなあ…）

生まれてこの方男性から告白された事もなければした覚えもない。

それを気にしてもいなかった。

おしゃれは面倒くさかったし、趣味の世界に没頭できれば他に望むものがあまりなかったからだ。

性欲があっても、具体的に誰かと付き合いたいとは思っていなかった。ひとりの時間が無くなる方が嫌だったのだ。

デートなんて、何をしたらいいか分からない。お茶？　食事？　映画？　どれもいつも一人で済ませている。

男女交際や恋愛なんて、小説の中だけで充分だと思っていた。

そもそも時代小説に出てくるような奈々美好みの理知的で思慮深い自然体の男性が、この現代に存在するとも思えなかった。

葛城と出逢った事自体が奇跡に近かったのだ。

眺めているだけで幸せだった。

筈なのに。

その自分が、今、こんな変な事になっている。

好きな人に綺麗だと言われたい。

気が狂うほどに求められたい。

欲望と恋愛感情がとめどなく氾濫して脳が溺れかかっている。

でも、どっちに…？

このままどちらかに流されてしまえば楽だろう。

けれど、それではいけない気がする。

それだけが、唯一奈々美に分かっている事だった。

「こんなおじさんでいいのかね？」

苦笑いする葛城に、奈々美は「もちろん」と強く請け合う。もちろん葛城でないとダメなのだ。

相談があるから、と勇気を振り絞って葛城を誘ったのは周囲に誰もいなくなった夕方だった。

◇

「私的な事なんですが…身近に相談できる男性が他にいないんです。ダメですか…？」

恐る恐る見上げる奈々美に、葛城はしばらくう〜んと唸《うな》っていたものの、「まあいいか」と快諾してくれた。二回りも年下の部下と、食事ぐらいしたところで問題はないと判断したのだろう。奈々美の切羽詰まった様子にも、思うところがあったのかもしれない。

確かに最近、彼女は変わってきている。何かあったんだろうと推察できるくらいには確実に。

とりあえず、葛城行きつけの蕎麦屋に腰を落ち着ける。色気もなにもない気軽な場所だった。

「何か、飲むかい？」

「えっと、じゃあビールで…」

奈々美はこんな時、何を頼むのが妥当か分からないので、無難にビールにした。少しはアルコールの力も借りたいという理由もあった。

葛城が適当に出汁巻き卵や板わさを頼んでくれる。

勧められてそれらをつまみながら、奈々美はなんとか切り出した。

「私…元々好きな人がいて。でも最近他の人に好きって言われたんです」

「ほお…」

葛城は肩肘をつきながら面白そうに冷酒を傾けている。

「課長もその…分かってらっしゃるとは思いますが、私、男性にはモテる方ではないので、どうしてよいか分からなくて…」

とほほほほ。言ってて悲しくなってきた。

我ながらなんて低次元な相談だろう。これでは小学生レベルだ。

「素直に喜べばいいんじゃないのか?」

しかし葛城はいつもの穏やかさでシンプルな答えをくれる。

こういうところが堪らないんだよなー。しみじみ奈々美は思い知る。

決してうんちくを垂れる訳でもなく説教くさい事も言わず、かと言って的を外すような事もなく。はー、やっぱり好き。

「そ、そうでしょうか…」

とは言え相手があの時田だと思うと、やはり素直に喜ぶのも何か引っかかる。

彼の言葉を信じていないわけではないが、何というか、自分とは人間のジャンルが違いすぎる気がするのだ。誰にでも好かれて信頼も厚い仕事のできる時田と、一も二もなく地味な場所で地味な仕事をしている自分とでは。

だったらなぜその時田に突進をかましたかと言えば、それはそれで我ながら大胆だったと思わなくもないのだが。

そもそも処女脱却の相手に時田を選んだのは、あの時葛城が——

「確かに君は…目立つタイプではないかもしれないが、いいところもいっぱいあるでしょう。それに気付いた男がいたってだけの話だよ」

過去の一幕に耽《ふけ》りそうになった奈々美の意識を掬《すく》い取るようなタイミングで、葛城はともすればありがちな、けれど彼の真意がちゃんとこもった答えをくれた。

葛城の淡々とした喋り方に、奈々美は泣きそうになる。こういうフラットなところにも惹《ひ》かれちゃうんだ。

「いいところ、ありますか？」

「う～ん、そうだねえ。例えば、決して器用な方ではないけれど、仕事は真面目だし一生懸命やっている。つまらないミスもするが、同じ過ちは繰り返さない。それに…基本的に人の悪口は言わないのは美徳だと思うけど」

滅多に聞けない自分への褒め言葉に、思わず俯いてしまう。嬉しい。そんな風に思われてたんだ。

「まあ、たまに眠そうな時もあるけどね」

面白そうに笑われて、赤面した。確かに小説を書く事や読書に熱中してしまい、徹夜に近い状態で出社した事は何度かある。

「す、すみません…」

「人間だからね、許容範囲内だと思ってるよ」

朗らかに笑われて、更に恐縮した。

「あまり自己評価を下げない事だ。たぶん、倉島君自身が思ってるより、いいところはいっぱいあると思うけど？」

綺麗な箸使いで天ざるを手繰りながら、葛城はそう言った。

「ありがとうございます」

蚊の鳴くような声で奈々美は答える。

仕事はそれなりに頑張ってきたつもりだった。

けれど、尊敬している人に評価されるのは何より嬉しい。

葛城にそう言われると、自分もまんざらではない気がしてくる。

「課長も…そうですか？」

「え？」

「その…たとえば好きでもない人からでも…告白されたりしたら嬉しいですか？」

「そりゃあねえ」

茄子《なす》の天ぷらを頬張りつつ、葛城はにこにこと笑った。好物なのか、嬉しそうな顔がちょっと可愛い。

「あの、た、例えばそれが、私みたいな女でも…？」

なけなしの勇気を振り絞って言った言葉だった。それでも視線だけはひたと葛城に向けている。

一瞬、ネクタイを緩めようと首元に指を伸ばしながら、結局彼はそうしなかった。

その少し節くれ立った指先を見ながら考える。

この人は、なんで奥さんと別れちゃったんだろう。

この器用そうな指で、どんな風に女の人を抱くんだろう。

私は…あなたの中で女に入りますか？

「…そうだね。受け入れる事はできなくても…一週間くらいは思い出す度にくすぐったい気分になるくらいには…嬉しいだろうね」

ぱたん、と見えない扉が閉まる音が聞こえた気がした。

この人は分かっている。

奈々美の本心を読み取って、ちゃんと遠回しに拒絶したのだ。

何故か、それだけはすんなりと理解できてしまった。

ずっと息を止めていた事に気付いて、奈々美は大きく呼吸した。

「よかった〜。そう言って頂いて少し安心しました」

にっこり笑って、奈々美はビールグラスに口をつける。

これはあくまで相談、只《ただ》のたとえ話なのだ。

「少しは…告白してくれた彼の事も気になってるんだろう？」

「えっと…その、まあ。でも、そもそもなんで私なんかって思う方が強くて素直に信じられなかったんですよね。でも課長とお話しできて、少し自信が持てました」

「そりゃあ良かった」

「だって…客観的に私を女性としてどう思うかなんて、訊ける男性、他にはいませんもの

〜」

殊更明るくはしゃいでみせる。

「倉島さんは確か母子家庭だったね」

割り箸を皿に置き、頬杖《ほおづえ》を突いた少し砕けた姿勢で葛城は訊いた。今までそんな話をしたことはないが、直属の上司なので一通りのパーソナルデータはインプットされている。

「ええ。課長もご存知の通り、母は去年再婚しましたが」

両親が離婚したのは奈々美が五歳の頃で、それ以降父親に会った記憶はない。母親曰《いわ》く「性格の不一致」が原因らしいが、それ以上は語らなかったし奈々美も特に訊こうとはしなかった。

子供心に両親の不和は何となく感じていたのかもしれない。

父親に特に会いたいとも思わなかったし、不満もなかったのだからあまり懐いてはいなかったのだろう。奈々美自身、どちらかと言えばぼーっとしていて一人で遊べる子供だったから、大人受けするタイプでもなかった。

看護師をしながら奈々美を育ててくれた母親が再婚したのをきっかけに一人暮らしを始めた。

新しい義父との仲は良好だったが、母の新しい人生を邪魔したくはなかったし、自分ひとりの生活もしてみたかった。元々一人でいるのが好きだったのもある。

奈々美の一人暮らしを最後まで心配していた母も、最後に渋々承知してくれたのは、彼女なりの子離れの準備のつもりだったのかもしれない。

週に一度は掃除しなさいよ、そんな彼女との約束はあまり守られてはいなかったのがちょっぴり苦い事実ではあるが。

「私は第二の父親代わりと言ったところかな」

葛城が少し勿体《もったいない》なさそうに言ってくれるのが嬉しい。

父親の事は覚えていないが、確かに多少ファザコン気味の気はあるのかもしれない。昔から年上の男性に弱かったのは事実だ。

「せいぜい悩みなさい。それも悪い事ではないよ」

「はい」

素直に頷いて、奈々美は自分の蕎麦を啜った。普通に美味しいのが不思議な気がする。暗に拒絶されたショックで味なんか感じないと思ってたのに。

どうしよう。やっぱりこの人がとても好きだ。そんな思いを噛み締めながら、奈々美は必死に笑って雑談に興じた。葛城も淡々と付き合ってくれる。

軽く飲みながら、それでも葛城は最後までネクタイを緩めようとはしなかった。

結局一時間足らずでその蕎麦屋を後にして、奈々美は葛城と別れたのだった。

◇

「あれぇ？　時田さんだ、何でここに？」

些《いささ》かふらつく足取りで、職場最寄りの駅に向かう途中だった。見慣れてしまった長身。少し意地悪そうな横顔。

「何でって、普通に帰る途中だけど…もしかして酔ってる？」

同じ沿線なのだから、有り得る偶然だった。

とはいえ今までその偶然が起きなかったのは、奈々美は普段は定時ですぐに帰るのに対し、営業の時田は遅くなる事が多いからだった。

「あ、課長と飲んでまして。でもビール一杯ですよ。へへへ、いつもはこんなに弱くないんだけどなあ」

ほにゃあと笑いを浮かべながら時田の顔を見上げる。

課長、と言う単語を聞いて、時田の表情が少し固くなった。

「二人で…飲んでたんだ」

「ええ。とても美味しいお蕎麦屋さんでした。外食なんて滅多にしないから、楽しかった～」

にこにこ笑ってるつもりの奈々美の顔を、時田はじっと覗き込む。

「…その割には泣きそうな顔だけど？」

「あれ？　ばれちゃいました？　実は当たって砕けちゃいました～」

時田相手に誤魔化しても無駄だと思った奈々美は、あっさり白状する。ここで会ったのもいい機会だろう。

「………」

自分を憐れむ時田の顔に、奈々美はつい甘えたくなる。

きっと彼なら、ぶつぶつ文句を言いながらも頼めば抱きしめて頭を撫でてくれたりするのだろう。

そしてそれ以上の事も、多分…。

だから、ふわふわしている頭で急いで言った。

「そんなわけなので、ごめんなさい！　私、時田さんとはお付き合いできません」

「おいおい、話が繋がってないぞ!?」

「あれ？　繋がってませんか？　おっかしいなあ」

「あれじゃねえよ！　少しは脳味噌整理してから話せ！」

通行人の目を気にして、少し暗がりの路地に連れ込みつつ、時田は溜め息を吐く。

今の奈々美はどこか危なっかしい。いや、元々どこかアンバランスな女ではあるのだが。

このまま放置するには危うい雰囲気が漂っている。

「あー、俺、飯まだだからその辺の店にでも入るか？」

「いえ、食べたばかりなので」

「あんたはコーヒーでも飲んでろよ。…それくらい奢《おご》ってやるから」

「そんな、そこまで時田さんに甘える訳にはいきません」

相変わらず空気の読めない女だった。じれったくなった時田は目についたファミレスにそのまま引きずり込む。自分はハンバーグセットを、奈々美には勝手にドリンクバーを注文したが、彼女は固まったまま動かなかった。仕方なく適当に飲み物を持ってきてやる。

目の前に置かれたココアを見つめ、奈々美はまた泣きそうな顔になった。

「飲めば？」

促されて、そっとカップに口付ける。甘い味が口の中に広がった。

湯気の上がったハンバーグも届き、時田は無言で食べ始める。

一通り、皿が空になった時点で時田はようやく口火を切った。

「少しは…落ち着いた？」

「あの…はい…」

「で、俺は振られたの？」

「そんな！　振るなんて畏れ多い事…！」

畏れ多いって…俺は何様だ？

元々男性経験のない奈々美にとって、自分から相手を振るという事自体がおこがましく感じるのだろう。分からなくはないが、多少苛立たしく思うのも本当だった。

「私…時田さんの事、好きです」

「…課長の次に？」

「そんな…！」

意地悪な切り返しだという自覚はあった。けれど、目の前の奈々美を見ていると、何故か苛めたくて仕方がなくなってしまう。

「じゃあ、あくまでオトモダチとして、とか言うのかな？」

「違います！　そうじゃなくて…」

「じゃあ、付き合えないって言うそのわけは？」

「だって…そんなの失礼じゃないですか。そっちがダメだったからじゃあこっち、なんて…」

「それでいいって、言った筈だけど？」

「でも…！」

奈々美は頑なだった。

「今、時田さんと付き合ったら、私甘えて楽しちゃう。ぐずぐずになってどんどんダメになっちゃう気がします」

「それじゃあ駄目なの？」

「依存したくないんです。好きだから…付き合うならちゃんと向き合える状態になってからじゃないと…」

どこか張りつめた表情で、奈々美は時田の顔をじっと見ていた。

正直、そんなに深く考える事だろうか、と時田は思う。一緒にいて楽しければそれでいいではないか。いくらでも甘やかす用意はあると言うのに。

「失恋くらい…一人でちゃんとできないと、時田さんに相応しい女じゃないと思う」

ふにゃ、と硬い表情が溶けて、また泣きそうな顔になる。

その顔を見て、時田は自分の勘の良さを呪いたくなった。

ああ、そうか。彼女にも、守りたいプライドはあるのだ。

他人が見てどれだけちっぽけに見えようとも、卑屈にならないために守るべきそれが。

「時間がいるって事?」

奈々美はココアのカップを見つめながら、ぽつりと答える。

「…しばらくは一人で考えたいです」

「もしその間に、俺に他に好きな奴ができたら?」

何の邪気もない子供のような表情で、時田を見つめてくる。精一杯正直であろうとする気持ちが伺えて、なんて彼女らしいのだろうと、少しおかしくなった。

「それはそれで仕方ないですね」

泣きそうな顔のまま、彼女は笑った。変なところだけ潔いのがどうしようもなく腹が立つ。

「分かった」

ファミレスのソファに深く沈みながら、時田はようやくそれだけを答えた。

7．インターバルトラップ

「えーと…うん、これもいらない！」

　声に出しながら、奈々美は手にしていた紙の束を「不用品」とマジックで書いた紙袋に突っ込む。あとで揃え直してひもで縛らなければいけないが、とりあえずは仕分けをすることが第一なので気にしない事にしていた。

　新聞を取っていれば専用の紙袋がもらえるのだろうが、生憎奈々美は新聞を取っていない。

　とにかく部屋を片付けようと思ったのは、気持ちの整理につながるかもと思ったからだ。とにかく前向きになれる事に打ち込みたかった。

(言っとくけど、それが生身の男なら、たとえあんたが絶世の美女だってこの部屋を見たら百年の恋もいっぺんに冷めるぜ)

　耳に残る時田の言葉が、良くも悪くも奈々美のやる気を起こさせる。

暗にフラれた今、葛城部長がこの部屋に来る可能性は皆無だろうが、それでも見せたくなる部屋ではない。

葛城なら何も言わずにいつも通りでいてくれるかもしれないが、心の底で失望されたらと思うと矢も楯《たて》もたまらなくなった。

それに万が一時田が再訪する事があったとしても、今までの状態の部屋を見せたくはない。いくら既に最悪の状況を見られているとはいえ、多少なりとも改善しようと努力したところは見せたい気がする。

もっともその万が一、が来るかどうかは奈々美自身確信が持てないでいたのだが。

（…だめだめ！　今はそんな事を考えないで、目の前にある事を片付けるんだ）

そう自分に言い聞かせながら、部屋の壁際にある謎の堆積物と格闘する。

あのとき時田がしていたように、まずは目に付くいらないものを片っ端から捨てた。捨てていいか迷う物は、とりあえず通販で購入した物が入っていた段ボールに放り込む。けれど箱はすぐいっぱいになる。

仕方ないので箱の中身を再び検分しはじめるが、これが暗闇のダンジョンを松明なしで進むようなうんざりする作業だった。世の中に片付けの指南書がたくさん出回っているのが分かる気がする。とにかく迷う物は手放すつもりで、そのための道を探した。

ネットで検索すると、物の捨て方や片付け方がいくらでも出てくる。画像を貼ったブログなどをついつい読み耽って時間が過ぎてしまい、慌てて作業に戻ったりもした。

（とにかく物を減らさなきゃ！）

目について出来そうな事はとにかく紙に書いてリスト化する。小さいメモ帳だと部屋の中で遭難するので、Ａ４の紙に大きく書いて壁に貼った。作業し終えたものから分かりやすく線で消していく。懸案事項も別の紙に書いてリスト化し、目につく壁に貼った。

不思議な事に、紙に書いて視覚化すると（これはどうしよう）という思考の遭難から抜け出しやすくなるようだ。

そんな風にやり方を模索しつつ、奈々美の悪戦苦闘は続いた。

ずっと同じものと格闘していると気が滅入ってくるから、ある日は衣類、ある日は紙類の要不要を仕分けし、少しずつ物のない空間を増やしていく。もう読まない気がする本や雑誌をまとめては古本屋に売りに行き、あまり着ていない服や古くてよれよれになっている服はまとまる度に資源ごみに出した。

そのうちゆっくり見ようと思っていたチラシやＤＭ関係は中も開かずに不要ごみの袋に放り込む。失くしたと思っていたものもいくつか発掘した。

最初は面倒でうんざりしながらやっていた作業に、途中から僅かずつだが達成感が混ざる。

結果が目に見えるようになったことで、ともすれば削がれがちになるやる気を何とか取り戻していった。

それでも飽きたら水回りを磨く。台所やお風呂、洗面所、普段は見ないようにしている排水溝も掃除した。無心に手を動かすことが失恋の痛手を忘れさせ、奈々美の気持ちを落ち着かせていく。

初めは仕事が休みの日だけ行っていたのに、いつの間にか仕事から帰った後もちょこちょこやるようになった。実は嵌《はま》るとのめり込む性格が幸いしたとも言える。

スムーズに、とは決して言えないが、少しずつでもプライベートスペースが整うのが嬉しかった。

(時田さん、これを見たら少しは褒めてくれるかな)

そんな想いが心に浮かんで、慌てて打ち消す。誰かの為にやっているわけではない。これはあくまで自分の為だった。

それでも時田に褒めてほしい、認めてもらいたい、という気持ちが募ってそんな自分に呆れながらも嬉しくなった。

彼に会いたいと思うのは、欲望だけじゃない気持ちが芽生えたと思っていいのではないだろうか。こんな短期間になんて現金な、と思わなくもないが、時田の少し意地悪そうな顔を思い浮かべると、胸の中がほんのり暖かくなるのが単純に嬉しい。

会社ではずっと避けていた。部署自体別フロアだから顔を合わす機会自体元々あまりないのだが、それでも気持ちは避けていた。

顔を見たら触れてほしくなる。それが恋愛感情を伴わない欲望だけのものであることが怖かった。

（あともう少し…）

部屋の片づけがもう少しキリのいいところまで進んだら、時田に連絡を取ってみようかと思う。

（いいかな。いいよね）

奈々美は床面積を確保できるようになった部屋の、ちゃんと敷いた布団の中で、淡く彼を想いながら眠りに就いたのだった。

◇

避けられている、それは憶測ではなく時田の確信だった。

元々会社の同僚と言っても会う確率は低いと承知の上ではあったが、些末な用事で総務に赴く度に奈々美の姿がないのだから、嫌でも分かる。総務に出向く時は前以て担当部署の担当者に内線で連絡を入れるから、それとなく席を外すことは難しくはないだろう。元々庶務課は用度も担当しているから、備品のチェックと言えば出歩いても不自然ではないのである。

一度だけニアミスで見かけた。

設備部の制服を着た若いスタッフとバインダーを手に楽しそうに話していた。設備部も改修用具や消耗品を抱える部署だから、用度を兼ねる庶務課とは接触が多いのだろう。

社内に委託で入っている設備の人間とは、会社も違えば接触も少ないので、営業部の時田自身は代表課長の顔と名前くらいしか覚えていない。

サラサラの前髪に眼鏡をかけた横顔は、すんなりとした長身ながらどこか中性的な雰囲気を漂わせ、女性に人気がありそうなやつだと思ってむかついた。

「…ってんだから、奈々ちゃんもそう思わない？」

「やだ、一真《かずま》さんたら」

奈々ちゃん？　一真さん？

笑い声と気安く名前を呼ぶ声に更にむかつきは増していく。名前同士で呼び合う男がいる訳だ。珍獣のくせに。

とは言えちょうど打ち合わせがあり、外回りに出るところだったから、声をかける事もままならなかった。

そもそも何と言って声をかけていいかも微妙である。

時田は苛立っていた。

がっかり女子だったくせに。珍獣のくせに。

処女を脱して多少の身だしなみを整えるようになった途端、もう普通の女みたいな顔をして気安く他の男と名前を呼び合ったりなんかしている。その上、時田の事なんか知らないふりをしているのだ。

もちろんそれは曲解やっかみ逆恨み以外のなにものでもないし、設備の彼とは元々時田と知り合う前から仲が良かったのかもしれないが、まちぼうけを食わされている身としては胸中毒がたまる事この上ない目撃シーンだった。

そんな自分の余裕のなさも、自己嫌悪という毒になる。

だからチャンスを見つけた途端に思わず暴挙に出てしまったのは、この際必然だといえなくもなかった。

の、かもしれない。

◇

奈々美が資料室から出てきた時、廊下を歩いていたのは偶然だった。

しまった、という顔をする奈々美の手首をつかみ、資料室に押し戻しそのまま壁際に追い詰めて有無も言わせずキスをする。

「ん、…んん…っ！」

両手の指を絡み合わせた状態で壁に縫い付けられた奈々美は、逃げる事もできなかった。

無理やり唇をこじ開けて舌を潜り込ませると、時田は逃げようとする彼女の舌を捉え、息もできぬ激しさで貪る。

「んんっ、…ふ、ん…ん、ふぁ…っ」

じゅるじゅると何度も唾液が啜り上げられる。擦り合わされる唇の熱と、口腔内を蹂躙する時田の、熱がこもった舌の感触に、奈々美は眩暈がして上下の感覚がわからなくなりそうになった。

やがて奈々美の躰から力が抜け、ぐったりと壁にもたれかかるのを認識すると、ようや

く時田はその唇を開放した。

「俺を避けてたろ」

至近距離で低い声が奈々美の耳朶を擽る。

奈々美は息も絶え絶えに、唾液で濡れた唇を何とか動かした。

「だって…」

瞳は潤み、頬はほんのりと火照っている。少なくとも嫌がられてはいない。それだけが時田の罪悪感を意識外に追いやる。

「だって？」

オウム返しに聞き返すと、奈々美は戸惑うように睫毛を伏せてからぽそりと呟いた。

「時田さんの顔を見たら、……触ってほしくなっちゃう」

それは欲望に流されたくないという素直で正直な奈々美の本心だった。

けれど却って時田の嗜虐心を煽《あお》る言葉でもあった。

「…ったく！」

時田は奈々美にとも自分にともなく言い捨てると、再び唇を重ねる。

今度は煽るような、焦らすような、奈々美を追い詰めるキスだった。

案の定、奈々美は完全に抵抗できなくなっていた。

絡めていた指を外し、自分の首にかけさせると、舌を絡めたまま時田は奈々美の制服越しに胸を揉む。

「や、らめ…」

さすがに抵抗しようとするのを制し、もう一方の手でスカートの裾をずり上げ、太腿を撫でる。

「なんで？　触ってほしかったんだろ？」

脅迫めいた声が忍び笑いを漏らす。

「でも、ここ会…」

最後まで言わせず、彼女の唇を塞ぐ。

「ああ。そういうのもそそるよな」

「じゃなくて、…っ」

抗おうとする奈々美を力ずくでねじ伏せようとしたその瞬間、不意に背後で軽いノックの音が聞こえた。

「無粋な真似はしたくないんだがね、もうすぐここで会議なんだ」

時田が慌てて振り返ると、戸口に葛城が扉に凭れるようにして立っていた。

「ああ、倉島君、頼んだ準備はできているようだね。ありがとう」

何の感情も見せず、淡々とした声が室内に響く。時田の顔から血の気が引いていく。

奈々美が泣きそうな顔をしているのに気付き、時田は自分を呪いたくなった。

いったい何をやっている？　いったい何をやっているんだ俺は！

「時田君、探している資料があるのなら、後でも構わないかな。今、使える部屋が他になくてね」

まるで何事もなかったような葛城の言葉は、見逃してやるから立ち去るようにとの意がこめられている。

「…すみません。失礼します」

下手な言い訳はできない。時田は軽く黙礼すると、資料室をあとにする。

残された奈々美に目をやり、葛城は「大丈夫かね」と尋ねた。

合意であったかどうかを尋ねているのだろう。痴話げんかの類ならば見ないふりはできるが、無理強いならセクシャルハラスメントもいいところである。然るべき筋に報告しなければならないだろう。

奈々美は唇を噛む。

ショックだった。犯されるように抱きしめられたことも。それを葛城に見られたことも。

けれど時田を責める気にはなれなかった。怖かったけれど、嫌ではなかった。

「大丈夫、です」

小さな声でやっとそれだけを答える。

葛城は俯いている奈々美の顔をじっと見つめると、それ以上の言及は及ばずと断じた。

「ならば身だしなみを整えて、仕事に戻りなさい」

暗に制服が乱れていることを指摘されて、奈々美は真っ赤になる。

しかしこれ以上事を大きくするわけにはいかなかった。

「はい。あの…すみませんでした」

大きく頭を下げてから、葛城の横を通り過ぎる。そのまま女子トイレに駆け込んで、奈々美は少しだけ泣いた。

◇

時田の口中に苦い後悔が広がる。

なんてことをしたんだ。大人げなく余裕もない。

何より、最後に見た奈々美の顔がきつかった。

葛城に見られたことが余程ショックだったのだろう。怯えていたし、深く傷付いた顔をしていた。

時田自身、恋敵とは言え、尊敬している上司にあんな失態を見られたのはショックだった。

改めて自分が彼女にとって大した存在ではない事を思い知らされ、自己嫌悪で死にたくなった。

あとで彼女に謝らなければ。けれど奈々美は時田に会いたくないと思っているだろう。

あんな風に触れた後では尚更だ。

葛城のおかげで未遂で済んだが、一歩間違えれば最後までやっていたかもしれない。

実際、彼女の柔らかい唇や触れた肌の心地よさに、時田は柄にもなく理性を失っていた。

少し時間を置く必要があると思った。その間に自分の脳味噌をクールダウンさせなくては。

最近、変に禁欲していたからかもしれない。溜まっているものがあるからもやもやとおかしな行動に走るのだ。

とりあえずは頭の中で後腐れのないつきあいの女を検索する。

彼は胸ポケットからスマホを取り出すと、気の置けない女友達の名を呼び出しメールを送った。

所詮問題の先送りでしかないとは分かっていたが、今自分が思いつく最善の方法は、せいぜいそれくらいのものだった。

◇

左の手首に巻いた、腕時計をちらりと見る。

終業時間から一時間ほど経っている。

会社から数メートル先、駅に向かう通りのコーヒーショップ内、外に面した大きな窓際のカウンター席に座り、殆《ほとん》ど空になったホットチョコレートのカップを前に、奈々美は溜め息を吐いた。

遅くなるかもしれないと覚悟はしていた。定時で仕事が終わる庶務課と違って、営業の人間には定時はあってないようなものだ。

でも時田と話さなければと思った。

かなり部屋が片付きつつある今、何となくどう話しかけたらよいか分からず、それ以上に時田にその気が無くなっているのが怖くて、彼に会うのを先延ばしにしていた。

今日の事はその報いだろう。彼にとってはちゃんと返事をもらえぬまま、生殺しの状態だったのだから。

それでも彼があんな風に豹変するとは思わなかった。

多少羽目を外す事はあるものの、基本的には理性的でクールな人間だと思っていたからだ。

もし彼をあんな風にさせたのが自分だったら心苦しいと思う気持ちの片隅で、ちょっとだけ嬉しい。

まだ間に合うのなら、宙ぶらりんなままでいた事を謝って、改めて彼といたいと告げたいと思う。

少しは整頓された部屋と、最後まで懸案箱に入って捨てるかどうか決められなかった物の事を思い、奈々美は微かに赤面する。

しゃれたデザインの紙袋の中には、彼に買わされた下着が入っていた。

とっておいたところでまた使う機会があるとは思えなかったが、それでも何となく捨てられなかったものだ。クリーニングに出すわけにもいかず、ドライマークの洗剤で洗ったあと、タンスにしまって開ける度に目にするのも気恥ずかしく、結局紙袋に入れて部屋の隅においてある。

もしもう一度あの下着を身に着けて見せたら時田は喜ぶだろうか。

（ぎゃー、何考えてるの私ってば！）

自分が恥ずかしくて、奈々美はぶんぶん頭を振った。

その時、奈々美の席からふたつ離れた席に座っていた女性客が立ち上がって外に向かう。背の高い女性だった。

（あれ？）

彼女に見覚えがある気がして、奈々美は目で追ってしまう。

何となく記憶には引っかかるものの、誰だったか思い出せなかった。明るい色の長い髪。ラフな感じのシルクのシャツに、足にぴったりしたジーンズ姿は、特に着飾っているわけでもないのに充分女らしく魅力的だった。

（えーと…？）

記憶を検索する前に、時田の声が聞こえる。

「瑞穂、こっち！」

（え？）

女は声がした方に手を上げて笑顔を浮かべた。

「急に呼び出すんだもん。びっくりするじゃない」

窓越しでもなぜか耳に入ってくるクリアな声だった。奈々美の中の集音装置が自動で起動したのかもしれない。

思わず見つからないように、奈々美は顔を伏せてしまった。もちろん、隠れる必要なんて微塵もないのだが。鼓動が早くなる。何が起きているのかよく分からない。

「今日なら店も定休だろ。空いてると思って」

「悪かったわね、どうせ暇で」

思わず隠れてしまった奈々美には気付くことなく、二人は軽口を交わしあう。そこまで聞いてようやく奈々美は思い出した。時田とえっちする前に連れて行かれた、ヘアサロンの店員だった。

「言っとくけど、明日は仕事なんだからあんまり遅くなれないからね」

「だったら泊まっていきゃあいい」

「あら、目的は体だけ？」

「嫌なら断ってもいいけど」

「で、他の女に当たるわけ？」

「瑞穂はそんな薄情な真似しないだろ？」

「…あんたのそういう打算的なところ、嫌いじゃないけどね」

瑞穂と呼ばれた彼女はしかめっ面で肩を竦めて見せる。

「だろ？」

時田も慣れた様子で応じた。いかにも気心が知れている者同士の会話だった。

背の高いスタイリッシュな美男美女で、いかにもお似合いの雰囲気でもある。

そのまま二人は駅の方向に歩き出す。

奈々美はスタンドに座ったまま立てなかった。

一分間、そのまま静止する。

これはフラれたんだろうか。自分のリアクションが悪かったから、見限られたのだろうか。

あーやっぱりね、という諦めとそんな馬鹿なという未練がシャッフルされて踊り出す。

思考はぐるぐると回転し、落としどころが無くなって空中分解した。元々少ない奈々美の恋愛脳は、完全にキャパオーバーである。

「…えーと、帰って部屋の掃除をしなきゃ」

誰に言うともなしに奈々美は呟く。

そうだ、それがいい。まだ整頓しきれてないところはたくさんあるし、身体を動かせば余計な事は考えずに済む。部屋もきれいになるし一石二鳥である。

それが例え現実逃避だとしても、何か問題が？

そして。

奈々美は石を飲み込む勢いで決心を固めた。

あの紙袋は次のごみの日に断固として捨てるのだ。

8．乙女会議

学生時代からの馴染みである鈴木瑞穂を呼び出したのは、彼女が一番後腐れのない相手だったからだ。

恋人だった時期もないわけではないが、お互いにさばさばしすぎていて甘い空気の保持が難しいと気付き、現在はセックス込みの友人に至る。もちろん、お互いフリーの時に限る、という暗黙の了解の下ではあるが。

「あははは、じゃあ会社でヤっちゃうとこだったんだ。それやばくない？」

「明日には辞表の提出を求められるかもな」

カウンター席でまだ脂の滴っている焼き鳥をほおばりながら、時田は行儀悪く頬杖を突く。まあ、穏健タイプの葛城課長の事だから、事情もきかずという事はあるまいが。自分への評価が落ちたのは確実だろう。

というより、あの現場に居合わせたのが彼だったのが幸運と言うか不運と言うか。

奈々美の泣きそうな顔がちらついては時田を責め苛《さいな》む。

どうせならもっと違う意味で泣かせたかったのに。…って、何を考えてるんだ俺は。

「祐輔《ゆうすけ》にしては苦戦してるわねえ。あのこでしょ？　前、店に連れてきた…」

「…ああ」

そんな事もあった。あの時はこんな風になるなんて思ってもみなかった。自分はもっと余裕のある大人だと思っていたのだが。

「祐輔にしては珍しいタイプだと思ったけど…あんた、どっちかってーと大人の女が好みだし」

「子供は今でも好きじゃあない」

美容師時代にもそれなりにモテていたから、客である高校生や大学生などからモーションをかけられることはあったが、適当にかわしていた。正直、甘えたがりの子供の相手は面倒くさい。

「あのこは子供じゃなかったんだ？」

瑞穂は面白そうに中ジョッキを傾ける。

「あー…どうかな」

子供っぽくは見えるが、精神的にはそれなりに大人だったと思う。処女だったけど。珍獣だったけど。自分なりの考えはちゃんと持っていた。あやういほど無邪気な顔で、時田を翻弄してくれていた。

　肯定も否定もしない時田を面白そうに眺めながら、瑞穂は時田の腕を取って自分の胸を押し付けた。

「まあいいや。私も最近色々モヤモヤが溜まってたとこだし、付き合ってあげるから行こ？　珍しく振られた可哀想な祐輔クンを優しく慰めてあ・げ・る」

　接客業だから確かに色々あるのだろう。

　些か自棄口調で時田も残っていたジョッキをあけた。

「まだフラれてねえよ」

　まだフラれていない、と思う。たぶん。

　普通の女ならもう終わりと割り切って吹っ切るのだろうが…相手はあの奈々美だし。なんというか、不確定要素が多すぎて、事の是非が判断付かない。

　そんな風に考える自分の未練がましさも微妙にうっとうしい。

　とにかく今は、溜まっているものを吐き出してさっさとクールダウンするとしよう。

　時田は勘定を済ませようと財布を取り出した。

「んっふっふー、もちろん奈々ちゃんも付き合ってくれるわよね？」

語尾に音符マークが付きそうな浮かれた声で、志木亮子が帰ろうとする奈々美の行く手を遮る。

「え？　あの、志木さん？」

「聞いてなかったの？　今日は晩御飯付き合って、って言ったじゃない」

「そうでしたっけ」

「そうよお！」

◇

生憎、ここ数日の奈々美の脳は、記憶の保存機能《インプット》が作動していなかった。

会議室で襲われそうになって。

それを上司でもあり片思いの相手でもあった葛城に見られ。

その夜には時田が他の女と去っていくのを見てしまった。

翌日、待ち伏せしていたらしき時田に話しかけられそうになったが、条件反射で脱兎の如く逃げてしまった。

いや、一度捕まりかけたのだが、視線も合わせずに「課長には何もなかったって言ってありますから！」と言ったら、時田が怯んだのをいい事に遁走《とんそう》した。何も考えずに出た言葉だったのだが、彼にとっては渾身《こんしん》の一撃《クリティカルヒット》だったらしい。

　仕事だけは自動操縦で何とかこなしているものの、同僚との軽い会話には生返事しか返していなかった。

　えーと、そう言えばお昼休みに何か言っていたような。

「息子は修学旅行で旦那は出張。帰って自分の分だけごはん作ったりしたくないのよう。後片付けも面倒だし…こんな機会滅多にないんだから、飲める店に付き合って♡」

　会社の先輩でありつつ一家の主婦でもある志木亮子は、帰宅すれば家事が待っているので飲み会などにもそうそう参加しない。そんな彼女に誘われるのは確かに珍しい事だった。

「志木さ〜ん。私も参加していい？　飲みたい気分なの」

「あれ、柳ちゃん、今日はデートじゃなかった？」

「あいにくドタキャンされました」

　柳沢のアイコンマークであるおっとり笑顔の上に、雷雲が立ち込めていた。

「柳ちゃんにドタキャンかますなんて、度胸のある男子もいたもんねえ」

　志木は感心したように大きく頷く。

「もちろん、この貸しはきっちり返してもらいますけど。…あ、そうだ。一真さんとか誘ってみます？」

「あらいいわねえ、あの子なら目の保養♪」

きゃいきゃい盛り上がってる彼女たちを見ていると、とても断れる雰囲気ではなかった。

「奈々ちゃんもデートの予定とか入ってた？」

「志木さんの意地悪。そんな人いないって知ってるくせに！」

「あはは、じゃあ参加でおっけーね」

「ふぁーい」

どうせ帰っても掃除しかすることがないのだ。趣味の執筆はここのところ全く波も来ない。

外飲みはお金がかかるから滅多にしないのだが、お給料が出て間もないし、たまにはいいだろう。

それなら、と歩き出した奈々美の背後で、志木と柳原がにやりと笑った事にはこれっぽっちも気づく由もなかった。

◇

「で？　何悩んでるの？」

「は!?」

無国籍居酒屋でギネスビールを空けながら、志木と柳沢はじりじりと奈々美に詰め寄る。

「ななな悩みなんて何もないですよ!?」

カルーアミルクのグラスを両手で包み込むように持ちながら、奈々美は動揺を抑え込もうとして失敗していた。

「あらあ、せっかく今日は奈々ちゃんの悩みを聞く会って事で集結したのにぃ」

「いつの間にそんな会が発足してたんですか！」

完全に寝耳に水である。

「だあってねえ…？」

志木は柳沢にちろんと視線を合わせる。

「あら、あたしはしばらく静観しておきましょうって言ったのよ？　奈々ちゃんて結構、プライベートをあんまり相談するタイプじゃないし…けつまずきそうになりながら何とか頑張ってるのを見てるのもそれなりに面白かったし？」

「出た、『経理の魔女』」

なぜか参戦している設備部の一真が絶妙のタイミングで突っ込みを入れた。

位置的には壁際に付いたボックス四人席の、壁側に奈々美と柳原、奈々美の隣に志木で柳原の隣が一真といった並びだった。

一真はベトナム焼酎のルアモイを傾けながら迂闊《うかつ》に魔女たちの毒舌会話に混ざらないようにソファの背に凭れつつ、やや距離をとって眼鏡の奥から面白そうに奈々美たちを眺めている。

元々は一真と柳沢が別会社とは言え、気が合うらしく仲がよかった。柳原と同じ歳と言ってたから、一真も奈々美より一つ上の筈である。

「まあまあ。さあ、食べて飲んで、悩みがあるんならこの際どーんと打ち明けちゃいましょ」

志木が浮かれた顔でハーブとチキンのサラダを取り分ける。

「だから悩みなんて別にないですよう…」

「往生際悪いわねえ」

「だから無理強いはよしなさいって」

腕をまくる勢いの総務女子二人に、一真は鷹揚に苦笑を浮かべた。

「そんなに勢い込んだら奈々ちゃんだって何も言えなくなるでしょう」

一真の優しい微笑に、奈々美はうるっとくる。

「そうだな、たとえば…お友達の話とかない？　こんな事相談されてるんだけど、とか」

「え？」

一真の誘導は巧みだった。所詮は同じ穴のムジナである。奈々美の恋愛話を酒のつまみにしようと参加している口だった。

オトモダチ？　ベタねえと、柳原と志木が沈黙を以て視線を交わした事に、カルーアの水面を見つめていた奈々美は気付かない。

そう、友達の話なら…

「…ああ！　私に一真さんぐらいの女子力があったらなぁ！」

とんでもない事を言われて、一真は口にしていたルアモイを吹き出しかける。

「なんでそうなるの！」

「だって…恋愛って良くも悪くも駆け引き必須じゃないですか。今の一真さんみたいな誘導力とかあったら少しは展開も違ってたかも～」

「あー…そりゃあねえ。でも奈々ちゃんは奈々ちゃんなりの当たって砕ける野生の王国でいいんじゃないの？　少なくとも裏表ないのは長所だし」

横合いからそう言いながら、志木は手羽先餃子《ぎょうざ》にかぶりつく。

「……当たる前に砕けちゃいましたぁ…」

テーブルに額をつけながら消え入るような奈々美の声に、一同は沈黙する。

「…意外と時田君も根性なかったわねえ」

ぼそりと呟いた柳沢の声に、パニくって奈々美が悲鳴を上げる。

「な、なんで時田さんて！」

そんなに態度に出ていただろうか。社内中にバレバレだったらどうしよう。

「その辺は蛇の道は蛇ってやつよね。ああ、ここにいる面子以外気付いてる人はいない筈だから安心して？」

柳沢はにっこり笑って茸《きのこ》とひじきのキッシュを摘まんだ。

「このひと、オープンにしてないけど営業の奴と付き合ってるんだよ」

一真がしれっと柳沢を指差して種を明かす。なるほどそれなら多少は納得がいく。

「あ、ばらしたわね」

「自分は奈々ちゃんの事ほぼ把握してるんだから、その方がフェアでしょ？」

一真を睨み付ける柳沢を尻目に、奈々美は安堵の息をつく。

少なくとも社内不特定多数に奈々美と時田の事は漏れていないらしい。その事実だけにはホッとした。今後、奈々美と時田がどうなるにせよ、あるいはどうにもならないにせよ、今の段階では人に知られて良いことなど何もない。

「そもそもどっちからモーションをかけたわけ？　あ、ルアモイ追加で」

通りすがりの店員にオーダーを頼みながら、一真は先を促す。

「あ、えーと…」

恐らく、というか確実にきっかけを作ったのは奈々美だろう。

あの時はこんな風になるとは思っていなかった。

一瞬だけの交わりで終わるはずだった。

「…元々好きだった人が、時田さんの事を褒めていたんです」

些細な仕事のフォローだったのだという。同僚がしでかした失敗をカバーすべく、時田が顔の広い葛城に頭を下げていた。その姿を見て葛城がぽつりとつぶやいたのが始まりだったのだ。

「あ、そういうのあるよね。尊敬している人や好きな人が褒めてると、見る目が変わるっていうか」

「でも…その時は…こんな風に好きになると思ってなかったんだもの…」

涙交じりの声になってしまったのはアルコールのせいもあるかもしれない。

「うわ、乙女回路がいきなり炸裂《さくれつ》した！」

「いいなあ、恋の修羅場！　お姉様にもっと聞かせて」

「志木さん、目ぇ輝かせすぎ！」

「だってぇ、こんな楽しいときめき話題、久しぶりなんだもの。柳ちゃんは秘密主義だしさあ」

「うふふ、すみませんね」

やんややんやと楽しげな声が奈々美の耳を通過する。

無責任な彼女たちの声は、奈々美の悩みなど大したことがないような錯覚を起こさせた。

「女子力ってなんなのかなあ」

思わずぽろりと呟いた。

「潔さとしたたかさ？」

「それは柳原オンリーだろ？」

すかさず一真が突っ込む。

「そうお？　池上御大の小説にもあったわよ？」

「ありましたねえ」

何故か著名な作家の時代小説の話になっている。が、多少マニアックな分野だったのでついていけたのは奈々美だけだった。

「それに猫被りを追加したら完璧ね」

志木はうんうん頷いた。

「私が被れる猫はどこに売ってるんですかぁ？」

基本、脳味噌に棚が一つしかない奈々美である。猫の皮を使い分けるなんて器用な芸当はできようはずもない。

「奈々ちゃんはそのままでいいってば！　ってかそのままでいて？　その方が可愛いし面白いし」

「うわぁん。美人の柳ちゃんに言われるとなんか落ち込むー」

程よくアルコールが回っているらしく、言葉も態度もぐだぐだになっている。

「あ、魔女が奈々ちゃん泣かした」

「だから誰が魔女よ！」

「えーん、時田さんなんて意地悪だし強引だしえっちだし！」

「そこ！　詳しく聞かせて！」

一同の目が爛々《らんらん》と光り、視線が一気に奈々美に集中する。思わず自分から口走ったとは言え、奈々美はたじろいで口ごもった。

「みんなリア充のくせにぃ」

既婚の志木は勿論の事、柳原や一真にも恋人はいる、らしい。あまり詳しくは知らないが。

「あら、世の中に誰もが羨む本当のリア充なんていないのよ？」

「うわ、旦那も子供もいる志木さんが言い切った！」

「あら、当たり前でしょ。悔しかったら結婚してみなさい。夫も子供もどれだけ思い通りにならないか…っ」

色々思い出すことがあったのか、一瞬志木の顔に般若の笑みが浮かび、背後に暗雲が漂う。

「志木さん！　その笑顔怖いから！」

ぱっといつもの志木に切り替わると、彼女はしみじみと言葉を結んだ。

「いるのはリア充であろうと努力している人と、そうでない人がい・る・だ・け」

何故か語尾がスタッカートで跳ねている。

「深いですねえ。あ、ソフトシェルクラブ、食べます？」

神妙に相槌《あいづち》を打ち、空になった皿を片付けながら一真が追加のつまみをオーダーする。

「あたしにはとても無理ですぅ…」

「時田さん、えっち下手だったの？」

いきなり柳沢が核心に触れた。

「え？　そんな事は…ってなに言わせるんですか！」

警戒していなかった角度から不意打ちされて、思わず答えかけた奈々美が狼狽する。下手ではなかったと思う。充分気持ち良かった。とは言え時田しか知らない奈々美にはそもそもの標準が分からない。

「ええ？　そこ大事でしょう。聞きたい聞きたい」

「そうよねえ。私も聞きた～い」

「そんなあ！　言いませんよ！」

言い渋る奈々美の口を滑らせようと、志木は追加のカルーアを注文する。

「飲も！　いいからどんどん飲も！　今日は私が奢るから！」

「マジですか、やったー！」

「言っとくけど奈々ちゃんだけよ、当たり前でしょ」

心配してくれる同僚の声が心地よく、奈々美は少しだけ気持ちが軽くなる。

全てを笑い話にして吐き出させてくれたのも有り難かった。

そうよ、たかが失恋じゃないか。

今までだって恋なんてしなくたって生きてこられたんだもの。これからだって全然平気に決まってる。

奈々美はそう自分に言い聞かせながら、新しいカルーアのグラスに口をつけた。

◇

二日酔いの頭を軽く振って、時田は冷蔵庫からミネラルウォーターを取り出すとペットボトルにそのまま口をつけた。喉を鳴らしてごくごくと飲み干す。それでも気分は全然晴れなかった。

瑞穂との夜はお世辞にも素晴らしいとは言えなかった。

ぶっちゃけ勃たなかったのである。

瑞穂もいろいろ努力してくれたが結局うまくいかず、お互いモヤモヤしたものを抱えたままシャワーを浴びて服を着て寝た。

時田から誘っておいて、面目ない事この上ない。

もっともこんな事は初めてだったから、瑞穂もどうしていいか分からなかったらしい。

(体の相性だけはいいと思ってたんだけど)

苦笑しながらそう言ってくれたのが救いと言えるかどうかは微妙なラインである。

時田自身、ベッドに入った女を抱けないなんて事なかったし、そこそこ満足させてきたという自負もあった。

実際、欲望も溜まっていた。

それなのに。

頭の隅に浮かぶ、奈々美の泣き顔が、時田の躰を支配する。糸の絡んだ操り人形みたいに、自分の躰がうまく扱えなかった。

翌朝、瑞穂に詫《わ》びを入れて会社に向かう。

奈々美を探して謝ろうとしたが、見つけた途端に逃げられた。

「課長には何もなかったって言ってありますから！」

それが捨て台詞である。

目を合わそうともしなかった。

万事休す。

そんな言葉が浮かんだ。

「失恋くらいはひとりでちゃんとできないと、だっけ？」

奈々美の言葉を思い出し、時田は自嘲しながら自分の仕事に戻っていった。

そうして、二人の気持ちがすれ違ったまま、二ヶ月が経過する。

9. 合コンランデブー

「合コン？」

「そ。時田さん、今フリーでしょ？」

あっさり言われて時田は微妙にムッとする。確かに特定の彼女はいないが、それで特に困ってもいない。

しかしそんな時田の表情を無視して、『経理課の魔女』と密かに噂される柳原栞はにこやかに話を続けた。

「どうしても一人足りないのよ。かと言って今回は変な人を混ぜるとまずいし。人助けだと思って協力してくれない？」

「何？　何か訳あり？」

そもそも柳原の仕切りと言うのが珍しい。あまりおおっぴらにしていないが、彼氏いるんじゃなかったか？

彼女自身、それなりに綺麗だしモテる方ではあるが、そんなにお節介なタイプでもないし。どちらかと言えば面白がって周りを観察している口だ。

「お互い意識し合ってる人たちがいてね、でもイマイチうまくいってないみたいだから、軽く背中を押せないかなと思って」

なるほど、そう言う事なら人選は重要だろう。ある程度、場の空気を読むスキルが必要だ。

「もちろん、気に入った子がいればそれは時田さん次第だけど…どう？」

「わかった。貸しひとつって事で」

奈々美からの来るはずのない連絡を何となく待って、二ヶ月経つ。

あんな風に別れたからには、こちらからアプローチするわけにはいかないが、それでももしかしたら何らかのアクションがあるかもしれないと心の隅で微かな期待を抱いていた。

しかし何にもおこらない。完全にフラれた訳だ。

（まあ、当然か）

そう思うと色々萎える。さすがに二度と役に立たないという事はないだろうが…。

とはいえ心機一転と新しい誰かを探す気にもなれず、今に至る。

今は禁欲の時期と思う事にした。割り切ってしまえば一人もそれなりに楽だった。

着々と仕事をこなし、自己評価を改めて、多少の余裕もできた。

そんな時に柳原の誘いである。

たまには他人の恋路を高みの見物ってのもいいかもしれない。

少なくとも暇つぶしにはなるだろう。

そんな気持ちで軽くOKしたのだ。

もちろん、気付くべきだった。

それが『経理の魔女』の罠《わな》だという事くらいには。

◇

やられた…

適当に集められたと思しき男女それぞれ四人ずつ。

カジュアルなフレンチレストランの席で、適当に向かい合わせに座った自分の正面には、よもやいると思わなかった奈々美がいた。

そりゃあ、奈々美と柳原も顔馴染みではあるのだから誘ってもおかしくはないが、彼女がこういうイベントに参加するとは思ってもみなかったのだ。

合コンに出るくらいなら、一人部屋にこもって趣味に勤《いそ》しむような女じゃなかったのか？

大体、三ヶ月前にはまともにメイクも出来ていなかったのに、今日は軽くマスカラまでつけているのが信じられない。ドレスコードも外す事なく、フェミニンなAラインのワンピースでまとめている。

一体、何があったと言うのだ。

あの三ヶ月前までのがっかり女子はどこに行ったと言うのだろう？

甚だ面白くない気分を胸に抱えつつ、軽い自己紹介から合コンは始まった。

奈々美も時田が来るとは思わなかったらしく、顔を見た途端に目を丸くしていたが、その後は視線を合わせようともしない。

単純に気まずいのか、それとも他に思うところがあるのか、さすがにこの場で時田からは訊けなかった。

…って、背中を押したいのって、もしかして俺達か？

柳原の思惑を勘ぐってみる。彼女なら有り得なくはないと思う。が…即断は禁物だろう。

奈々美以外はいたって普通の面子に見える。とりあえず当たり障りのない会話で様子を見る事にした。

「へ〜、じゃあ倉島さんて合コン初めてなんだ？」

「あ、はい」

時田の右にいた販促の斉藤と鈴木が、興味津々に奈々美にアプローチをかけている。それを奈々美の隣にいる柳原がさりげなくフォローしていた。

「慣れてないから多少言葉に詰まるかもしれないけど、大目に見てあげてね。奈々ちゃんも気軽にやって」

奈々美は小さく頷いていた。

斉藤たちは時田より若い。奈々美と同じくらいだろうか。

時田の左側にいる今井は自分の向かい側にいる受付の杉下と穏やかに会話を進めていた。

時田には杉下と同僚の泉が興味深そうに色々話しかけてくる。

美味しい食事に会話も適当に弾み、改めて二次会にという運びになった。

レストランと同じビルにあるバーである。

会計を済ませている間に、一同はお手洗いに寄って軽く情報交換の体となっていた。

「倉島さん、あんまり目立たなかったけどこうして見ると意外と可愛いよな、胸でかいし！」

「慣れてない感じが初々しいって言うか…男慣れもしてなさそー。案外、処女だったりして」

「一から仕込むのもロマンじゃね？」

「いいな！　フェラとか仕込んでみてえ！」

斉藤たちの会話が期せず耳に入り、時田はむかむかしてくる。

生憎だが処女じゃねーし！　エロイけど！　胸もでかいけど！

もちろん彼らに悪気はないし、野郎なら普通に交わす程度の会話だ。

しかし、そのターゲットが奈々美と言うのが気に入らない。

手を洗いながら会話に興じている彼らより、一足早くフロアに出た。

店の入り口にはまだ奈々美と幹事の柳原しかいない。

「おい」

「は？」

奈々美の肩を摑みながら、目線だけは柳原に向けて声を発する。

「気に入った子がいれば自由に、つってたよな？」

「ええ」

柳原はさも心得た表情でにっこりと頷いた。

「じゃあ、こいつ連れて帰るから」

「ええ!?」

時田の傍らで奈々美が大声を出す。

「迷惑か?」

わざと怖い顔でじろりと睨むと、奈々美はハムスターのように首を縮めて沈黙した。

まだ怖がられてるのかもしれない。しかし奈々美が斉藤たちの毒牙にかかるのを静観する気にはなれなかった。

そんな二人を見やりながら、柳原は落ち着いた声で答える。

「奈々ちゃんは?　どうする?」

「あ、私は……」

躊躇《とまど》う素振りの奈々美に、柳原は時田の方を向いて即断した。

「分かったわ。奈々ちゃんは気分が悪くなったから、時田さんが送ってったって言っとく」

「サンキュー」

「貸しは帳消しよね?」

柳原は魔女の唇で微笑んだ。

「……それでいい」

「柳ちゃん～…」

助けを求める奈々美の視線に、柳原は唇の形だけで『頑張って』とエールを送ったのだった。

◇

半ば拉致られるかたちで、奈々美は時田に引きずられていく。

「あ、あの…」

前にもこんな事があったような。時田はそのまましばらく口を利かなかった。

「時田さん…？」

「なんでこんなとこいるんだよ」

「え？」

時田の苛付いた声に、つい身を竦めてしまう。

「時間が欲しいとか、散々人のこと焦らしておいて、結局合コンてのはどういうわけだ？と聞いている」

もちろんそんな事は奈々美の自由だと分かっていながら問い詰めずにはいられなかった。

時田は自分が昂ぶっているのを自覚する。

そんな自分が疎ましい。そんな時田の様子に気付くことなく奈々美は素直に返事をする。

「あ、それは、ですね…説明すると長くなるのですが」

「分かった」

「え？」

「じゃあ、ゆっくり話せるところに行こうか」

「は？　え？　あの！」

奈々美がパニくっている間に、時田はさっさと適当なホテルを見つけて奈々美を連れ込んだ。

「え、え、え～～～？」

何が起こったのか分からず、奈々美は呆然としたままだ。

「座って。なんか飲む？」

「あ、出来ればお水を…」

「はい」

冷蔵庫からミネラルウォーターのペットボトルを取り出すと、ソファに促して手渡した。

そのまま時田も隣に座ってペリエを半分ほど飲み干す。

「…で？」

「はい？」

「だから…話すと長い説明ってのは？」

「あ、の…、それはですね…」

「柳原に強要された？」

「いえ、決してそんな事は！」

そうであってほしいと言う願いはあっさりついえた。奈々美が時田に逢いたくて、こっそり手を回したかと勘ぐってもみたのだが、そこまで器用なタイプでないのも分かっている。

大体、合コン会場で時田を見つけた途端に驚いて固まっていたし。

「じゃあ、なんで？」

「あの、そのぉ…ちょこっと女子力を上げてみようかな〜、と思って」

小さな声で上目遣いに照れられて、どっと脱力した。

「だったらとっとと俺に声をかければ済む話だろう!?　それとも俺の事なんか思い出したくもなかったか!?」

「そんな事ないです！　時田さんの事はずっと…」

「ずっと?」

「その、部屋の掃除をするたびに…」

「掃除?」

時田の怪訝そうな声に、奈々美は段々声が尻すぼみになる。

「葛城さんにフラれてから、気持ちの整理にと思って部屋を掃除してたんです。そうしたらだんだん気持ちが落ち着いてきて…ちゃんと時田さんに見せられる部屋になったら、その、連絡しようかなーとは…」

「ちょっと待て。それってどれくらいの時期?」

「えーと…葛城課長にフラれて一ヶ月くらいした頃かな」

「その頃には吹っ切れてたってことじゃないか! だったらその時点でさっさと連絡よこせよ!」

「そう思ったんだけど!」

「けどなんだよ!?」

喧嘩《けんか》腰の会話に、ついつい二人とも声が荒くなった。

「だって…私、時田さんの連絡先、知らなかったし…」

「……………あ?」

決まり悪そうな口調に、今度は時田が固まる。そう言えばメルアドもケータイ番号も何も交換していなかった。なんつー初歩的ミス！

しかし、同じ社内なんだからいくらでも調べようがあるだろう！

「柳原とかに聞けばよかったじゃないか！」

「でも、そういうのご本人の許可なく訊くのはルール違反かなって…」

いやまあ、そうなんだけど！　でもこの場合は例外じゃないか⁉

「どうしようか考えてたら…会議室であんなことになって…」

「あー…」

時田は頭を抱える。が、改めて奈々美に向かって深く頭を下げた。

「あの時は悪かった。ごめん。課長が来なけりゃ完全にレイプしてた」

「そんな、レイプだなんて…」

まがまがしい言葉に奈々美はぎょっとする。

けれど無理やりだったのは本当だ。その事を時田が真摯に受け止めてくれるのは素直に嬉しい。

「その…あんたが設備の若いのと楽しそうに喋ってたから、頭に血が上ってて」

「設備さん？」

奈々美はきょとんとした顔になった。

「若いのがいるだろう。背が高くて…」

「古市さん？」

「名前は知らない。メガネかけて細身の」

奈々美はぐるりと目を回して珍妙な顔になった。

「もしかして…一真さん？」

「ああ、そんな名前で呼んでたな。向こうもあんたの事を名前で呼んでていかにも親しそうだったから…つい」

「女性ですよ？」

「ああ、女っぽくもあったよな。…って、え⁉　だって身長一七〇以上ありそうだったぞ⁉」

「あるって言ってました。それに設備の制服って男女兼用だから体型分かり難くてよく間違われるみたいですねー。本当は紅一点なのにって笑ってますけど」

無邪気な奈々美の声に、時田はどっと脱力する。

「ちなみに声は学生時代にヘビースモーカーでかすれたそうです。本名、一真響子《きょうこ》さん」

「………！」

時田はその場にずるずるとしゃがみこむ。それなりに人を見る目はあったつもりなのに、そんな初歩的ミスに引っかかったとは。嫉妬で目が眩んでいたか？

「そうかあ。妬いて貰えてたんですね。ふふふ」

嬉しそうに言われてムッとする。

「悪かったな」

「悪くないです。ちょっと嬉しい」

へにゃっと笑う奈々美が相変わらず変なところで正直なものだから、時田は更に脱力した。

「だって…てっきりもうフラれたんだと思ってたもの」

「あ？　なんでそうなるんだよ」

「だって…会議室でキスされた後、時田さん、他の人とデートとかしてたみたいだし…もう諦めて切り替えられたのかなって…」

奈々美はワンピースの裾をモジモジ摘まみながら呟いた。

「…知ってたのか」

「えっと…ちゃんとお話をしようと思って会社の外で待ってたら偶然…」

なんつーバッドタイミング。自分で自分の首を絞めてたか、俺。

「それでも…何となく諦めきれなくて…それならもう少し自分の女子力を上げてから再チャレンジしようかと…」

「え…？」

「今日も…この服とかお化粧とか…柳ちゃんにも手伝ってもらったんだけど…変ですか？」

そおっとつぶらな瞳が覗きこんでくる。

やめろ、その目は反則だ。その、小動物的な縋《すが》る系の目は。

「変、ではないけど…」

「本当ですか？　よかったー！」

パッと明るくなった奈々美の顔を見て、つい本音が漏れた。

「でも他の男に見せる為ってのはむかつくな」

「あ…」

「実際、今日俺が参加してなかったらどうするつもりだったんだ？　他の気の合う男と付き合ってた？」

「そんな！　私がそんなモテるわけないじゃないですか！」

「分かんねえだろ!?　実際斉藤たちとも楽しそうに話してたし」

「あれは私が初めてって言ったから、親切に気を遣って下さったんですよぉ」

…だめだ、全然分かってない。この状態でお持ち帰りなんかされてたら、絶対相手のペースにはまってたぞ、この女。…まあ、危なそうだったら柳原がフォローしていたかもしれないが。

「…で？　女子力とやらは上がったのか？」

「あの、それは…」

頬を染めて、奈々美は俯く。

「だって、時田さんが来ちゃったから…」

「俺が来たから、何だよ」

ずっと斉藤たちと喋ってたくせに。

「その…頭の中、ずっと時田さんでいっぱいになっちゃって…」

「あ…？」

「時田さんと…キスしたいなあってそればっか思っちゃったから、まともに顔見れなくなっちゃって…」

「！」

限界だった。

時田は奈々美を抱き寄せて唇を重ねる。

「んん…っ」

抵抗する事もなく、奈々美は求められるまま唇を割った。

レストランで飲んだワインの味が残っている舌を、思う存分味わう。胸にしがみ付いてくる小さな手に指を絡めて握った。奈々美もぎゅっと握り返してくる。

角度を変えながら啄むようなキスを繰り返し、唇の輪郭を舌でなぞると、もどかしそうに奈々美は不満の声をあげた。

「…ふぁ、…や、もっとぉ…」

鼻にかかった声が時田の耳を擽って、根元から搾り取るように自分の舌を絡める。

甘い。

まるで極上の美酒を味わうように歯列や口蓋も舐め回し、今度は舌をすぼめて自分の唾液を流し込むと、奈々美の喉がこくんと鳴ってそれを飲み干した。嬉しくなって、じゅるじゅると何度も唾液を吸い上げ、飲み込んでは与える。

息の続く限界まで、そんなキスを続けた。

「ん…ふ、…ふぁ…」

ようやく唇が離れる頃には奈々美の目が赤く潤んでいた。

「どう？　気が済んだ？」

時田も掠れる声で囁く。自分がすごく興奮しているのに気付いていた。

「えっと…、…もっと…」

ねだられて、更に興奮が増す。

「じゃあ、舌出しな」

口紅の剝げかけた唇から、おずおずと小さな舌が差し出された。

遠慮なくそれを吸う。

奈々美の舌も貪欲に時田のそれを求めていた。

可能な限り体を密着させながら、唇を貪り合う。

「ベッドに…？」

低い声で問うと、ぼんやりとした瞳が時田を見上げ、ふと我に返って大きく首を振った。

「あの、シャワーとか…！」

「この段階でか!?」

「だって、でも…！」

「何だよ！」

相変わらず空気を壊す事この上ない。この状況ならそのままベッドにもつれ込むのが常道だろう。実際、二人ともその気になっていたのは明らかである。

「だって、その…今日こんな事になると思ってなかったから…普通の下着しかつけてきてないんですぅ～」

情けない声で自白する奈々美に、時田はがっくりと力を落とした。

下着？　それが今問題か？　この濃厚な空気を壊してまで？　どうせ全部脱がすのに!?

「…三分だ。それ以上は待たない」

「は…？」

「だからシャワーでもとっとと行って来い！　ただし三分以上経ったらそのままバスルームに突撃かけるからな!?」

「ひゃん！　せめて五分！」

「いいから行って来い！」

実際、奈々美はきっかり五分で出てきた。その合間に時田も服を脱いで下着だけになっておく。

それでも待った甲斐はあったかもしれない。

おずおず出てきた時の奈々美の恰好は、バスタオルを体に巻いただけだったのだから。

急ぐあまりか、髪の毛先が濡れている。

「…バスローブくらいあったろ？」

「あの…あまり可愛くなかったし…」

「上等だ。もう待ったはなしだからな？」

肉食獣が獲物を見つけた時の迫力で睨み付ける。奈々美は捕食されるのを覚悟した顔でおずおずと肯いた。

大股で近付き、小さな体を抱え上げてベッドに運ぶ。

些か乱暴とも言える性急さで、彼女を組み敷いた。

少し怯える奈々美の代わりに、ベッドのスプリングが小さな悲鳴めいた音を立てていた。

10. 残念至極！

「散々焦らされたんだ。簡単に終わると思うなよ――」

「…ハイ」

従順に答えるのを見て、一気にバスタオルを引きはがした。

「あ…っ」

どこもかしこも柔らかそうな肌にむしゃぶりつく。

「ひゃ、時田さん…噛んじゃ、やぁ…っ」

思わず歯を立ててしまった自分の獰猛さに時田は一瞬、躊躇するが、それでも奈々美の震えながら抗う声が、彼の理性を押し流す。二の腕を摑んで頭の上に上げさせ、あらわになったたゆたゆと震える胸に吸い付いた。

「はぁ…ん」

先端を強く吸われて、奈々美は大きく震えた。彼が吸い付く前からそこは紅く尖っている。熟れきった桃のように儚く柔らい双丘と、欲望の象徴でもある天辺の固さとの差に、時田の悦びが一層強くなる。

「すげ、なんでこんなに感じてんの？」

「だって…」

「ほら、こんなに固くして…」

二本の指先でそっと摘まみあげては、柔らかく押し潰す。軽い刺激に、奈々美は泣きそうな声を出した。

「や、もっと強く…」

「倉島さん、まだ二度目だよな？　他の誰ともしてないよな？」

「し、してないもん！」

涙目で奈々美は訴えた。

「それでこんなにエロくなってるんだ」

「そ、それは…」

動揺と自棄がないまぜになった声が、時田を責める。

「と、時田さんのせいだも…っ」

あんなに狂おしい蜜度で攻めるから。薄い唇とか、淫らな舌とか、繊細な指使いとか、色っぽい声とか、抱きしめてくる腕や胸板とか、絡まる長い脚とか、もう全部で奈々美を可愛がったりするから。

「人のせいにするんだ？」

時田は面白そうに唇の端を上げた。

「でも、時田さんが…最初にそうした、から…」

潤んだ目で見つめられて、背筋がぞくぞくする。もっと、欲しがれよ。俺を欲しがれ。

「それで倉島さんは俺にどうして欲しいの？　言ってみなよ」

「それは…」

躊躇う奈々美の手を取って、下着から取り出した固く張りつめたモノを握らせる。

「きゃ…っ」

「ねえ、これをどうして欲しい？」

そこから逃げようとする手を、上から重ねたまま強く握らせた。男のそれとは違う小さな手に、無理やり男のモノを握らされて、奈々美は羞恥で真っ赤になっていた。しかし、好奇心もあったらしい。時田が手を離しても、彼女の手はそれの感触を確かめるようにじっと触れたままだった。

「なんで…こんなに固くなるんですか？」

初めて直接触れる男性器の硬度に、奈々美は目を丸くする。これで骨も入っていないなんて、嘘みたいだ。

「そりゃあ、あんたが煽るからだろ？」

「わたし…？」

「ほら、あんただって…」

「あ…！」

節の高い時田の指が、奈々美の足の間にある茂みの奥を探る。そこは既に熱く潤っていた。

「あんたのここと一緒だよ」

亀裂の襞に指を潜らせると、どんどん泉は溢れてくる。とろりと指に絡まる愛液の感触を楽しみながら、隠れている花芽を見つけてきゅっと潰した。

「やぁ…んっ」

時田のモノを握っていた指に力がこもる。どくりとソレが脈打つのが分かった。

「こんなにぐっしょり濡らして…やらしい体だな…」

わざと煽るように、意地悪な声で言った。

「分かる？　俺の指を咥《くわ》えこんで、離さなくなってるぜ？」

「そんな事…」

言い返そうとするのを封じ込めるかのように、更に深く指を進めた。一本だけじゃ足りない。二本、三本と、ナカをかき混ぜる指が増えていく。

「や、あ…あぁん…！」

ぷっくりと膨らんだ小さな粒を親指で弄られながら、奥もかき混ぜられて、奈々美はおかしくなりそうだった。少し痛い。でもそれ以上に下半身が熱く疼いている。

「倉島さん、可愛い」

低い声で囁かれて、脳はもう蕩けそうだった。

「あの…、名前で呼んで」

「…奈々美」

「あ、あ…ん」

甘い嬌声《きょうせい》を飲み込むように、柔らかい唇を塞ぐ。時田のモノを握っていたその手もいったん離れ、彼の首に回された。

唾液が絡まる音と、時田の指が奈々美の奥をぐちゅぐちゅと掻き回す音だけが響いてくる。

「あ、時田さん、時田さ…」

唇の端を唾液で濡らしながら、少しでも離れまいと、奈々美の手が時田の体にしがみ付いていた。

「俺のが…欲しいって言えよ」

「あ、欲しいです…お願い、挿れてぇ…」

泣きそうな声で懇願しながら、奈々美は舌を出して時田のそれを求めた。再び強く抱き合うと、強く舌を絡めあった。時田は強く奈々美を抱きしめ、更に体を密着させた。

お互いの胸や腹が押し潰されあい、足が絡み合う。

時田の固く立ち上がった屹立が、愛液がトロトロと溢れる奈々美の陰部に当たり、ぬちょぬちょと淫らな水音を立てた。

「あ、時田さんの、すごく熱い…」

奈々美の欲望を帯びる湿った囁きに、時田のそれは痛いほどいきり立った。この熱く滾った肉棒を彼女の中に押し入れて、ぐちゃぐちゃに掻きまわしたい。壊れるほど強く突いて、彼女の一番強い官能を呼び起こしたい。気が狂いそうなほど泣かせて、自分なしではいられない体にしてしまいたい。

何度も何度でも欲しいと懇願させて、そして――

時田は急ぎゴムを被せ、奈々美の太腿を大きく開いて持ち上げると、ピンク色に濡れそぼった蜜口に屹立の先端を当てて押し開き、一気に自分のモノを突き入れた。

「あああ…っ！」

時田の下で、小さな体が反り返る。まるで待ちかねていたように、奈々美の体は時田のソレを飲み込んでいった。

「…くっ、」

苦しそうな喘ぎ声を上げたのは時田の方だった。その熱も、締め付けも、どこまでも彼の快楽を押し上げていく。そのままイキそうになり、時田は必死の思いでぎりぎりのところまで自身を引き抜いた。

「や、だめぇ…っ」

奈々美が逃すまいと彼の腰に足を絡みつけてくる。その足を手のひらで更に押し開きながら、時田は何度も彼女の中を往復し始めた。

「あ、あぁん、あぁ…！」

彼女の高まりと共に、時田の絶頂が近づいていた。

奈々美の腰を軽く持ち上げて角度を調整すると、ひときわ深く自身の腰を叩きつける。

その瞬間、大きくため込んでいた熱を吐き出した。

「あぁ…」

大きく腰をしならせて、奈々美の体からがくりと力が抜ける。時田も息を荒くしたまま、彼女の上に崩れ落ちていった。

◇

「いいんでしょうか…」

シーツの中で、時田の腕に背後から抱かれながら奈々美はそっと呟く。

「何が？」

「まだ…二度目なのに、こんなに感じてしまって…」

「いいだろ？　何か問題が？」

当たり前みたいに答えられて、奈々美は軽く混乱する。本当にいいのだろうか？　こんな風に溺れてしまって、やばくないのだろうか。

そんな奈々美の沈黙をどう受け取ったのか、彼女の身体を抱きしめていた腕がほどかれ、やわやわと胸を揉み始める。

「あ、ちょ…っ」

時田の大きな掌によって、奈々美の胸は彼の思うがままに形を変えていた。赤く染まった尖端だけが逆らいながら突き出しはじめる。それに気付いた時田が、玩具を見つけた子供のように先を摘まみはじめた。

「あ、やぁ…、ね、時田さ…」

「何？」

「ダメ、またしたくなっちゃう…」

「したくさせてるの。簡単には終わらせないって言ったろ？」

「そんなぁ…」

泣き声に甘い響きが混ざっているのを敏感に感じ取って、時田はもう片方の手を彼女の足の付け根に滑らせた。

「だめぇ…」

時田の腕から逃れんとする弱々しい力は、かえって彼を更に煽りたてる。

「奈々美」

耳元でそっと囁く。その艶を帯びた低い声に、奈々美の頬が震えた。

「可愛い」

そっと唇で耳の輪郭をなぞりながら、耳朶を甘噛みする。

「ひゃあ…」

「ほら、ここもうぐしょぐしょだ…」

一度拭った筈の奈々美の秘所は、再び彼のもたらす快楽によって愛液を満たし始めていた。

「あ、あぁ…」

目を瞑り、奈々美は彼の唇と指がもたらす快感に溺れはじめる。彼女のお尻の割れ目に、固い感触が押し付けられた。

「とき、た、さん…」

僅かに足を開いて、彼のソレを挟み込んだ。彼女の足の間で、彼の肉棒が敏感な部分を擦り始める。

「や、気持ちい…」

彼女の足の間で、ソレはどんどん硬度を増し始めた。擦れあう場所がぬちゅぬちゅと淫猥な音を立てはじめる。

時田は一旦それを引き抜いて新しいゴムを被せると、彼女の身体を俯せにし、腰だけを持ち上げて膝をつかせた。そのまま後ろから紅くぬめった場所に押し入れる。

「あぁ…っ」

奈々美は堪らなくなって、枕に顔を押し付けた。彼女の腰を支えながら、奈々美のナカ

をゆっくり猛ったものが行き来し始める。

「こっちも…感度良いな」

「ふにゃぁ…」

仔猫のような啼き声を上げながら、時田の動きに合わせて奈々美の腰も揺れ始めた。恥ずかしいのに止まらない。

「色々、教えてやるよ」

「ふぇ…?」

「男の躰の事も、…女の躰の事も」

「ふぁ、あ…ひゃっ」

動きが徐々に加速し、時田の言葉の意味も分からなくなる。繋がっている部分が熱い。溶けておかしくなりそう。

「も、だめ！　変になっちゃうっ」

「いいよ、イケよ」

「あぁん…っ」

何度もナカを擦られて、奥の方がじんじんしてきていた。もっと突いて。奥へ来て。

時田も限界が近いのを知って、彼女の尻を摑む手に力を込めると、引き寄せながら自らを最奥まで叩きつける。一気に吐き出した瞬間、奈々美の躰は大きく震えてぎゅっと彼自身を締め付けていった。

◇

軽くまどろんだ後、動けなくなった奈々美を抱き上げてバスルームに運ぶ。

とろんとした目の彼女は、大人しくされるがままになっていた。

シャワーで汗を流しながら、軽いキスを繰り返す。

奈々美は嬉しそうにうっとりと目を閉じていた。

抱き合ってはふざけて泡で体を擦り合いながら、バスタブにお湯を張る。

「嬉しい…」

ほにゃりと笑う奈々美に、時田も顔を綻ばせる。

「何が？」

「せっかく広いお風呂だったんだもの。入りたかったの」

さっきはそれどころでなかったから、シャワーしか浴びていない。

「そこか…」

「だって…アパートのお風呂小さいし…」

唇を尖らせる彼女に苦笑する。

「ジャグジーもあるな、ここ」

「わ～い、やってみたい」

奈々美ははしゃいだ声をあげて体を擦り寄せてくる。覆っていた泡を全部流してやりながら、二人で湯船に体を沈めた。

溢れるお湯の中で、時田は自分と同じ向きで足の間に奈々美を座らせ、首筋に顔を埋めた。

「気に入ったなら、またここに来るか」

「いいの？」

「もちろんそれなりの事はさせてもらう」

「うん」

彼の胸板に背中を預けて、奈々美はうっとりと目を閉じる。少し怖い。こんな風に、幸せすぎて良いのだろうか。

「時田さん」

「祐輔」

「…ゆうすけ、さん？」

「ん？」

「私、また何か書いちゃうかも…」

「え!?」

「あ、いえ、勿論固有名詞とかは出さないけど…こんな風に嵐みたいな幸福感があるんだって事…」

書かないと収まらないかもしれない。奈々美の感情は、書く事ですべて整理され、整頓される。逆に書かなければ変なマグマが貯まって、おかしくなってしまう。

彼女のそんな性癖を、理解する事は難しかったが、諦めるしかない事も分かっていた。時折現れる、迸《ほとばし》るような情熱が、この小さな体の中には潜んでいる。

「…書いてもいいから、また熱出したりして倒れるのはやめてくれ」

さもうんざりした声で時田が言ったので、彼の腕の中で、奈々美はくすりと笑う。

「怒って心配してくれる時田さんも好き」

「お前なあ…」

「えへへ」

「可愛く言っても無駄だ！　今度そんな事になったら、徹底的にお仕置きしてやる！」

「え？」

泣かせて啼《な》かせて、散々焦らした上であんな事やこんな事を…

「時田さん…？」

「いかん…、あんたといると、俺もバカになりそうだ」

「な、どういう意味ですか、それ!?」

それでも——

こんな女に惚《ほ》れてしまったのは、自分だから仕方がない。

たぶんまた、こいつに振り回されるのだろう。

イライラしたりムッとしながら、それでも可愛くて仕方ないと思ってしまうのだろう。

そこまで考えて、時田は大きく息を吐いた。

「時…祐輔さん？」

「いや、何でもない」

言葉を濁しながら、彼女の首を振り向かせてキスを落とす。

「あの…」

「ん？」

「色々…教えてくれるって言ったでしょ？」

「あ、ああ」

そんな事も言ったっけ。

「じゃあ、…えーと口で、とか…」

「口で…何？」

一瞬、奈々美が何を言おうとしているのか分からず、聞き返してしまったのが敗因だった。

「その、つまり…ふぇらちお？」

「！」

どこまでも自分の好奇心に正直な奈々美だった。

って言うか、その単語を女子が言うか⁉

…いや、嬉しいけど！　やらせてみたいけど！

そんな、目をキラキラさせて言うなよ！　少しは恥らえ！

一抹の脱力感に業務用並みの諦念を滲ませながら、彼女の身体をぎゅっと抱きしめて、時田は力なく笑ったのだった。

本当に、そんな自分が残念な事この上ない。

けれどまあ…

「怒ったの？　お仕置きって…？」

怯えた瞳。無茶苦茶苛めたくてたまらなくなる。

「とりあえず…新しい下着でも買いに行くか？　…思いっ切りエロくて、誰にも見せられないようなやつ」

「え…!?」

「今度は黒とか…軽く縛ってみるのもいいな」

「ええ…!?」

だから、まあ…この際、残念でも構わない。

Good End?

番外編・スイート・ホイップ・デイズ

「そう。いきなり無理に全部入れなくていいから…幹のとこ、指で支えて」

　ベッドに腰を下ろし、くつろげた自分の足の間に女の子座りで奈々美をぺたんと座らせながら、時田は細かく指示を出す。

（こう、かな…？）

　奈々美は言われた通り、細い指でまだ固くなり切っていない時田自身を支え、そっと先端を口に含んだ。

　柔かい。へえ、最初はこんな感触なんだ。

「とりあえず舐めてみな。指…ってーか、手の方は包み込むように握ってゆっくり上下にスライドさせる感じで」

　指示通り、奈々美の舌が時田のそれに舌を這わせ始めた。同時に両手の指で握った幹部分もゆっくりさすり始める。

「…ああ、上手だ。力を入れ過ぎないよう、気を付けて。…ん、そんな感じで」

少し掠れた時田の声に、奈々美は彼自身を口に含んだまま ちらりと上目遣いで彼を見上げた。

そのポーズに時田の背筋がぞくりとなる。

恥じらい成分より好奇心の方が勝って見えるのは相変わらずの残念ぶりだが、それでもビジュアル的にはやばい範疇《はんちゅう》に入っている。何せ、今彼女が着ているのはメイド服だった。

正確に言えば、フレンチメイド風ベビードールである。

一見普通のワンピーススタイルのようだが、よくよく見れば材質は全て透けて見える薄い生地でできている。

サイドからアンダーバストまでぐるりと囲んだ黒い生地が奈々美の豊かな胸を寄せて持ち上げ、腹の部分は編み上げで締めてあって、女性特有の体つきを強調している。ふんだんにフリルの付いた白い胸当て部分からは窮屈そうに胸の谷間が覗いており、ブラをつけていないその丸みの先端も、固く尖れば生地越しに存在を主張し始めるだろう。

大きなパフスリーブは微妙にオフショルダーで奈々美の丸みのある肩と鎖骨のラインを際立たせているし、黒いミニスカートの裾にはふんだんに白いフリルがあしらわれていて、白いストッキングとガーターベルトの間からは絶対領域である太腿がちらりと覗いている。

軽く後れ毛を残しつつシニヨンにまとめた髪には当然テンプレートとして三段フリルのメイドカチューシャ《ホワイトブリム》。どこまでも隷属的背徳感満載である。

　こんな格好でご奉仕されているのだから、多少本人は色気に欠けるとしても、男として興奮しないのが嘘だろう。

　口に含んだモノが段々硬度と質量を増して、苦しそうに眉間にしわを寄せた奈々美に、時田は気遣う声をかけた。

「無理しないで一回口から出してみ？」

　唾液で濡れていたピンクの舌から現れた時田自身の先端に向かって、名残惜しそうにつうっと白い糸が引く。

「えへ、ちょっと…変な味」

　眉を八の字にして笑いながらの素直な感想に、時田の頬が緩んだ。美味いものではないだろうに。

「そのくびれてるとことか吸って貰えると気持ちいいんだけど…」

「ここ？　こう？」

　膨らみ始めた亀頭の部分を一生懸命口の中に含み、ちょうどくぼんだ雁首のところで唇をすぼめてきゅっと吸った。

時田の腰がびくっと軽く跳ねる。

彼の反応が嬉しくて、もっと刺激しようと唇に力を入れると、我知らず幹部分を握っている奈々美の手にも力が入った。

とは言え、それ以上口中に含むのは物理的に辛くなってきていた。それでも必死にできるだけ奥まで咥えようとしたが、時田の先端が奈々美の喉の奥を突いて軽くえづく。

「ん、…ぐふっ」

「もういいよ、無理すんな。あとは横から舐めるとか」

しゃぶっていた先端を開放し、浅くなっていた呼吸を整えると、奈々美は握っていた手をずらし、ちゅっと軽く口付けてから彼自身を丁寧に舐めはじめた。

ずらした手が根元の精巣に当たり、軽く刺激する。

「そこも、優しく触ってくれるといいな。…絶対強く握るなよ?」

念を押したのは奈々美ならうっかりやりかねないからである。多少の躊躇いを見せつつも、彼女の好奇心は貪欲だった。自分が持ち得ない器官の反応を楽しんでいる節がある。

「すご…固くて熱い…」

そそり立ち始めた時田の股間は強く脈打ち始めている。

その変化を敏感に察して、奈々美の瞳が欲情に潤んだ。

「ああ。奈々美の口と舌が気持ちいいから…」

時田も目を閉じて、自分の快感を追った。彼女の温かくて濡れた舌の感触に包まれて、屹立《きつりつ》がますます充血していくのが分かる。

さすがに口だけでイクのは無理だろうが、初めてにしては上出来だった。

「今日はここまでにしとこうか」

「え？」

「今度は俺の番」

奈々美の両脇に手を差し込んでふわりと彼女を抱き上げると、自分の膝にまたがせるように座らせる。

「ここ固くなってるの、気付かないとでも思った？」

からかう口調で、時田は布越しにその存在を主張していた、奈々美の胸の先端を指先で摘まんだ。

「あ、やぁあん…っ」

ぶるっと奈々美の体が震える。

「やらしいなあ、こんなにして」

時田の指がくりくりとしこった乳首を捏ね繰り回す。

「や、だめ…ぁんっ」

恐ろしいほど気持ち良かった。

奈々美自身、時田の固くなっていく経過を見る事で、かなり興奮してきている。ぷっくり尖って敏感すぎるほど感度の上がった先端を、今度は唇でちゅっと吸われて思わず背中が弓ぞりになった。その腰を時田の腕が逃がすまいとするかのようにがっしりと支えている。

頬を紅潮させながらはあはあと浅い息を繰り返す奈々美を自分に凭れさせ、時田はスカートの裾からフリルの中へと手を侵入させた。

一応スカートの下にも下着は身に着けていたものの、布面積は驚くほど少ない。後ろ側など殆ど紐のみに等しい。大事な部分だけ覆うようにレースで飾られた小さな三角の布すら、真ん中に細いリボンが付いており、解くと中央が開く仕組みになっている。

当然、時田の器用な指は遠慮なくそのリボンをほどいた。

「あ、ダメ…」

無意識に奈々美は声をあげた。空気に晒《さら》された秘部からは奈々美自身の蜜が溢れており、外気に触れてすうすうしながら次に来る刺激を期待してしまう。その事が無性に恥ずかしい。

「すげ、とろとろじゃん」

開いた布口から彼女の秘所へと指を潜りこませた時田は、嬉しそうな声をあげた。

花弁は難なく時田の指を飲み込みながら、ひくひくと締め付けている。

「ご主人様にこんな風に欲情するなんて、悪い子だなあ、俺のメイドさんは」

彼女の愛液にまみれた自分の指を舐めながら、時田はにやりと笑った。

「ほら、やらしい音、わかるだろ？」

時田は更に指を増やして彼女の内部を掻きまわす。親指で充血しているクリトリスをぎゅっと擦った。

「や、だって…ぁん、ダメぇ…」

敏感な部分を刺激される上に筋張った二本の指に浅く深くぐちょぐちょと掻き回され、気持ち良さのあまり時田の首にしがみつく。

「だって、何？」

時田は意地悪な声を出しながら彼女の柔かい耳朶に軽く歯を立てた。

「だって…ぁん！　…はぁ、気持ちいい…だも…っ」

もう一方の手は、彼女の体を支えるように抱えつつ、その大きな手のひらを奈々美の臀《でん》部《ぶ》に這わせている。

前からも後ろからも責められ、下着はつけっぱなしの筈なのに、お尻を丸出しにしている感じが恥ずかしくて堪らなかった。

「舌、出しな。さっき俺の舐めてたやつ」

静かに威圧されて、奈々美は五センチだけ時田から身を離すと時田の唇に向かって舌を差し出す。

時田の顎が角度を変え、奈々美の舌は彼の口の中に深く引き入れられて翻弄される。

その間にも奈々美の脚の間からは時田の指が蜜を掻きだす、淫猥な音が響いていた。

「ゃ、もう…」

唇を離しかけ、今度は時田の舌が奈々美の口の中に入り込み、激しく暴れ回る。

何度も吸い合うように唇が重なっては離れた。

キスを繰り返しながら、奈々美はベッドの上に仰向けに引き倒される。

白い胸当てがずらされ、時田の大きな手が直接胸のふくらみを愛撫し始めた。両手で包み込むようにそれぞれの乳房を真ん中に寄せたり丸く円を描くように翻弄しながら、人差し指と中指の間で紅い実を強く挟む。その度に子宮ははしたなく収縮し、奈々美の内腿をしとどに濡らしていった。

「あ、時田さん、ときたさぁん…っ」

シーツを握りしめながら奈々美は喘ぐ。

捲れ上がったスカートの下で、奈々美の陰部に時田の猛ったものが押し付けられ、ねっとりと蜜が溢れて敏感になっている谷間を何度も往復した。

彼に激しく擦りつけられる度に互いの性液が混ざり合うようにじゅぷじゅぷといやらしい音を立て、奈々美はそれだけでイキそうになる。

「やらしい顔」

時田は嬉しそうに、少し意地悪な顔で囁いた。そういう彼の顔こそ、淫らに悪魔めいて奈々美はゾクゾクしてしまう。お願い、私を犯して。

「気持ちいいのは…ここか?」

彼の肉棒でクリトリスが押し潰され、一気に快感が背中を駆け上がる。

「や、イっちゃうぅ…っ」

一際大きな波に襲われる瞬間、時田は押し付けていた彼の一部を奈々美から剥がした。

「あぁん、ダメぇ…!」

昇り詰めるところを寸止めされ、奈々美は悲鳴を上げる。

「そんなに欲しいのか?」

覆い被さる時田の目が、肉食獣のように爛々と光っていた。まさに兎《うさぎ》やハムスターを追いつめた狼の目だ。

「や、欲しい…です。ばかぁ…っ」

「バカとは聞き捨てならないな」

獲物を手中にした時田が舌なめずりする。

「や、だって、もう…っ」

彼女の欲望を見ぬき、絶対君主となった時田の瞳に射すくめられ、奈々美は自分が何を言っているのか分からなくなる。ただ彼が欲しくて堪らなかった。こんな状態で放り出されたら、自分はおかしくなってしまう。

「最初にちゃんと教えたろ？　なんて言うんだっけ？」

潤んだ目で彼を見上げながら、奈々美は朦朧《もうろう》とする頭の中で必死に秘密の呪文を引きずり出した。

「あ、の…『お願いします、ご主人様』…」

しっとりと濡れているピンク色の唇が羞恥で震えた。

「それだけか？」

やはり全部言わなきゃダメなのだ。濡れた睫毛が数度瞬きに震え、潤みきった瞳に哀願の色が宿る。

「………『はしたない奈々美に…ご主人様の、や、やらしいご褒美を下さい』…」

「よくできました」

時田はにやりと笑うと、奈々美の脚を大きく広げて持ち上げ、レースの下着を付けたままの彼女の中心にずぶずぶと自分の腰を沈めた。

「ああああぁ…っ！！！」

待ち望んだ圧迫が差し込まれ、白いガーターストッキングを穿《は》いた爪先がぴんとのばされる。

一気に彼女のナカに深く差し込むと、時田はゆっくり前後に揺れ始めた。

「あ、ぁん、あぁ、…あ、あ、あぁ…っ」

わざとゆっくりグラインドさせながら、ぎちぎちに滾《たぎ》った肉棒が奈々美の中を往復した。

熱く潤った奈々美の隘路《あいろ》は、限りなく時田を求め、銜《くわ》え込もうと蠕動《ぜんどう》する。男としてたまらない快感だった。

「まだだ、まだイクなよ？」

時田が刻む律動に合わせて奈々美のすすり泣きが大きくなり、目尻からは透明な涙が零れ落ちる。

奥を突くたびに締め付けてくる感覚に、時田も耐え切れず、動きを加速し始めた。

「や、もうイっちゃ…ぅ」

「くそっ、ん…っ」

これ以上は自分が保たないと悟った時田は、奈々美の太腿を抱え込んで浮かせ、大きく腰を打ち付け始める。剥き出しの乳房がその度にたゆたゆと激しく揺れていた。

メイドカチューシャが外れ、シーツの上で髪が乱れる。

「や、はげしっ、…ぁめ、もう…っ」

奈々美の背が大きく反り返るのと同時に、時田もありったけの精を薄いゴムに吐き出して果てた。

同時に奈々美の内側が彼を強く締め付ける。絡められた指も強く握りしめていた。

何度か奈々美の中で絶頂の余波が繰り返される。

荒い息を弾ませながら、二人はベッドの上でしばらく重なり合っていた。

◇

「せっかくきれいに編み込んで貰ったのに…崩れちゃいましたね」

落ちかかっている前髪を摘まみ上げながら、奈々美が言った。今までの自分には微塵もなかった清楚系の髪型で結構気に入っていたのだけど。

さりとてあれだけベッドの上で激しく絡み合ったのだから崩れない方がおかしい。綺麗に編み込みでシニヨンにされていた髪は、いまや解けたりゆるんだりして妄《みだ》りがましいことこの上ない。

「いいんだよ。きっちりしたものを崩すのがいいんだから…」

時田は崩れた彼女の髪に手を移動させながら、頭のてっぺんにキスをした。

そんなものですかそうですか、と思いながら奈々美は口に出しては言わなかった。せっかく時田がいい気分でいるのに、水を差す必要はないだろう。

と言うか、あれだろうか。時田と仕事帰りにデートする時、きっちり締めていたネクタイを緩める事がある。その恰好に思わずドキドキするのと同じ感覚？　確かにあれはちょっとくらっとくる。

当然だが、今回のメイクやメイド風へアスタイルは時田の手によるものである。奈々美にそんな女子セルフスキルはない。そもそも三つ編みは知っていても、表編みと裏編みの違いさえよく分かっていない。

フィッシュボーンって何？　猫の餌？　というくらいの知識のなさである。

時田が一人で暮らす1LDKのマンションの部屋のベッドの上で、彼は全裸だったが奈々美は着崩れたメイド風ベビードルのまま背中から抱きしめられていた。

　壁際に横たわる時田の胸に背中をぴったりつけながら前方に目をやると、邪魔者扱いされたダウンの上掛けが辛うじてベッドの端に引っかかっているのが見える。焦げ茶色のブランケットだけが二人の腰のあたりから下半身に向かって慎み深く稜線《りょうせん》を描いていた。

　時田が自分の体格に合わせて買ったロングサイズのセミダブルベッドは、決して広いとは言えない寝室をかなり占領していたが、シンプルな胡桃《くるみ》材のシステム家具でまとめられているせいか、あまり圧迫感は無い。一歩間違えれば殺風景になりかねない部屋だが、フローリングに敷かれた北欧風の毛足の長いラグが部屋に温かみを醸し出している。

　なるほど、物が少なく居心地のいい部屋とはこんな部屋を指すのか、というかこんな部屋に住む人間が本当にこの世に存在していたのかと奈々美は初めてここに訪れた時、しみじみ感心したものだった。どこにでも何かがある奈々美の雑多な部屋とは大違いである。

　そんな自嘲と感嘆が入り混じった彼女の想いに気付く事なく、腋《わき》の下から回った時田の手が胸当てが外れてあらわになった奈々美の二つの双丘を、飽きる事無く揉んだり撫でたりしていた。

　童顔に反して豊かに実った奈々美の胸を、彼はこよなく愛している。もしかしたら持ち主自身よりも？　と疑わぬでもないが、触られる事自体は気持ちいいので考えないようにしていた。

今までどちらかと言えば、肩が凝りやすいだの走ると揺れるだの奈々美は自分の胸を邪魔に感じていた事の方が多かったから、存在意義ができたのは良い事かもしれない。レッツポジティブシンキング。

「けど…」

僅かに声のトーンを落としながら、奈々美の髪に触れていた時田の手が毛先で止まる。

「へ?」

「さっきは事の前だから黙ってたけど…お前」

「な、なんですか?」

何となく不穏な空気を察して、ずりずりベッドから逃げようとしたが阻止された。

「また髪の毛乾かさないまま寝ただろう!」

「え、あ。その…っ」

上半身だけ反転させつつえへへと笑ってごまかそうとしたが、時田の額には怒りの青筋が浮いていた。

「枝毛が増えてる」

怖い。完璧に身だしなみチェックを入れる厳しい風紀委員モードである。

「ふぇ〜〜ん、だって…つい」

語尾が小さくなった。

奈々美は髪を乾かすのが苦手だった。

たかがヘアドライ。されどヘアドライ。

濡れたまま寝ない方がいいのは知っている。さすがにそれくらいの知識はある。

とは言うものの、奈々美の髪は細いくせに毛量が多く、尚且つ絡みやすい猫っ毛だった。

端的に言って乾かしづらい。

シャンプー後、タオルドライと自然乾燥で三十分くらいおいても髪は一向に乾く気配がなく、ドライヤーをかければかけるほど縺《もつ》れていく。ぶっちゃけ作業自体も嫌気がさす。

それでも何とか八割がた乾かして寝るのだが、起きた時は大抵爆発したに近い惨状だった。

結局何とかブラシを通し、ひっつめ髪で出社してしまうのが過去の常である。

今ではそれなりに頑張ってるつもりだが、ついつい入浴後にタオルだけ巻いてパソコンなど立ち上げると、うっかりそのまま夜中のサイト巡回に突入する事もしばしば。見ているのは趣味の中国歴史サイトだったりその手の趣味の掲示板や考察ブログだったり様々である。もっとも最近は軽くおしゃれ系サイトも覗いたりするのが進歩と言えなくもないだろうか。

その場合、当然、朝はギリギリまで爆睡コースである。

寝落ちる前に辛うじて乾き気味になっているのが救いというかなんというか。

ヘアメイクの動画を見ながら我もとチャレンジした事もあるものの、気が付けば朝方近くになっていた事もあった。

せめて時田に会う前くらいは、と多少気合いは入れてみるものの、所詮は付け焼き刃と言う事か。

そんな奈々美の実態を知ってか知らずか、時田が盛大な溜め息を吐いて奈々美の横に倒れ込む。

ベッドマットがその分沈んだ。

「ごめんなさい…」

がっくりきている時田に何となく申し訳なくて、奈々美は一応謝罪を口にした。自分の髪を乾かさずに寝て恋人に謝るのも変な話だとは思うのだが、元美容師としてはやはり看過できないのだろうというのは分からなくもないし。

時田はうつ伏せに倒れ込んだ枕から少しだけ顔を覗かせると、皮肉な形に唇の端を上げた。

「どうしてこんな女に嵌っちまったんだか」

普段はきっちりあげている前髪の、ぐしゃぐしゃに乱れた間から覗く微妙な角度の流し目が半端なくエロヤバくて、奈々美はドキドキしてしまう。恐らく本人に自覚は無いのだろうが、拗ねたような目付きが凄まじい破壊力だった。やだ、涎《よだれ》が垂れそうなほどかっこいい。

思わず口元を抑えながら奈々美は反論を試みる。

「うっ…そ、そのぶん、時田さんの趣味に頑張って合わせてるつもりなんですけど…っ」

よもや今回はメイド服。しかも「ご主人様」呼びのサービス付きである。

女子力の低さ、という時田に対する後ろめたさがなければ、正直恥ずかしくて承知しなかったかもしれない。

この場合の恥ずかしさとは、単純に慣れないコスプレ及び演技をする気恥ずかしさだ。恥じらいと欲情で相殺されたが、肝心の台詞は半分棒読みだったかもしれない。

「ごっこ」遊びも悪くはないが、奈々美自身は裸で抱き合うのが一番気持ちいいし、しっくりくる。

のだが。

「俺としては、こんな形でペナルティを消化するのは精一杯の妥協のつもりなんだけど？」

「ふぐ…っ」

痛いところを突かれて変な声が出た。

一応「恋人同士」というカテゴリーに突入してから、何度かそれらしくデートなどもしてみた。

が、もう一歩出来立てカップルいちゃいちゃモードになり切らないのは、奈々美の遅刻が原因の一つとなっている。

そもそも朝が弱い上に、自分を着飾るスキルが弱いため、お化粧や着替えにかかる時間がうまく読み切れていないのが最大の原因であった。

無理をする必要はないと言われているものの、いまいち自分のコーディネートに自信が持てず、さりとて人に振り向かれる容姿を持つ時田と並んであまりに見劣りするのも申し訳ないと、あっちに変更こっちに変更とやってる内に時間が過ぎてしまう。

慌てて家を飛び出すものだから、忘れ物をしたり映画館で寝てしまったりと、なかなかの失態ぶりなのだった。年季の入った女子力の低さが憎い。

そんな訳で家デートが増えたのも自然の成り行きと言えた。

訪ねるのが奈々美のアパートでなく時田のマンションになったのは、防音上の問題である。

奈々美の住む格安アパートは古い木造で、あまり防音力は高くない。

大きな音を立てなければ問題ないと言えなくもないが、そこは一応恋人同士である。どうしても多少の寝台騒音《ベッドノイズ》とは縁が切れない。

本当は、もっと外で普通のデートもしたいのでは。

そんな彼女の心配に苦笑を漏らしつつ時田は寛容なところを示してくれるが、それでは気が済まないからとペナルティを申し出たのは奈々美自身の方からだった。

『何でも時田さんのやりたい事を言って下さい！　可能な限り応えますので！』

『じゃあ、メイド服でも着てみよっか』

『え…!?』

時田のリアクションは早かった。

「最近は何でもネットで買えるし便利だよなー。もちろん嫌なら嫌って言ってもいいけど？」

否と言えないと分かりきっていての意地悪な物言いに、奈々美はぼそぼそと口籠もる。

「い、イヤじゃ、ないけど…」

楽しいと言えなくない事もない。けれど。

正直、こんな衣装を自分が身に着ける日が来るとは思ってもみなかった。

なにせ彼氏イナイ歴二十六年。恋人がほしいとさえ思った事がない独立独歩趣味先行人生だったのである。

えっちな下着なんて、その存在を知らなくはなかったが架空の国の衣装くらいにしか思っていなかった。しかも穴あきのTバックなんてよもや自分が身に着ける日がこようとは。今も陰部のリボンは解かれたままで、些かすうすうするのを無理やり考えないようにしているくらいだ。

「ちなみに…」

「ん?」

ふと湧いて出た疑問が、やめておけばいいのに奈々美の口を衝いて出た。

「つまらぬ好奇心なのですが今までのカノジョさんはどんな格好を?」

「!」

時田が思わず絶句する。

「…お前が聞くかそれを!」

「あの!　嫉妬とかじゃないですよ?　本当に単純に好奇心で」

「そこは妬いとけよ!」

「ご、ごめんなさい…！」

恐縮する奈々美の顔から、時田が僅かに頬を染めてすっと視線を逸らす。

「…時田さん？」

「ないよ」

「え？」

「…こんなマニアックプレイ、奈々美としかしてない」

「そう、なの…？」

そこまでさせないとヤる気にならないと言う事だろうか。奈々美の顔に落胆の色が滲んだ。それはちょっと情けないというかもの悲しい気もする。床に額を擦りつけて謝り倒したくなる。

「あの、ごめんなさい…」

だからつい謝ってしまった。そんな奈々美の額を、時田が中指と親指の先をくっつけて輪にし、狐の顔の形をさせた中指ではじく。

「いったー！」

「そうじゃなくて！」

デコピンされて涙目の奈々美の頬を、時田の手がぐにぐに摑む。

「泣かしたくなるんだよ。そのハムスターみたいな顔を見てると色んな方法で苛めて苛めてむちゃくちゃにしたくなるんだ」

不本意な事を言った不機嫌さで、時田はそのままごろんと背を向けてしまった。

あれ？　照れている？

摑まれた頬をさすりながら、奈々美は時田の広い背中に恐る恐る問いかける。

「それって…あの、違ってたらごめんね？」

「言うな。聞きたくない」

時田は自分の耳を急いで塞ぐ。しかし奈々美は強引に押し切った。こういう時に空気を読まない自信はある。

「私の事、メチャクチャ好きって聞こえるんだけど！」

しかもガキ大将が苛めっ子に向かって言うような。

「…悪いか」

嬉しくなって顔がにやけた。

（どうしよう。時田さんが可愛過ぎる！）

更に不機嫌さを増した時田の手を耳から外し、奈々美は大事そうに彼の耳朶をそっと食む。

「……また口でするのも練習させてね？」

突然時田が向き直り、奈々美の躰を引き寄せて自分の上に跨《また》がらせた。

小さな顔を両手で包み込むように摑んで、ピンク色の唇を貪る。奈々美はうっとりした顔で自らの舌を絡めてきた。

こういう素直さが反則だと、時田は思う。何をしても、どんなに泣かせてもいいのだと思ってしまう。

「奈々…」

「ん…」

欲情した視線が絡み合う。

「可愛い事言うからお仕置き」

「きゃー何で!?　ご主人様、お許しを！」

「許すか！　お前なんかこうしてやる！」

脇腹を擽られて奈々美は逃げ出そうとするのを阻まれた。

捕まえていて。ずっとぎゅっとあなたの中に閉じ込めて。抗いながら逆の願いに強く囚われる。

（でも…）

セックスが楽しければ楽しいほど、奈々美の中に湧きあがる感情があった。

(時田さん、私…)

胸に広がる罪悪感の波紋を、時田の愛撫が押し流した。

息もできないような口付けに何も考えられなくなる。

二人が絡み合う動きに合わせて、再びベッドのスプリングが軋《きし》み始めていた。

◇

「ふう…」

無意識に漏らした奈々美の溜め息を耳ざとく聞き付けて、隣席にいる同僚の志木亮子が顔をあげる。

「なあに?　棚卸しの数字、ずれてる?」

「あ、いえ。大丈夫です」

奈々美は慌ててエクセルのデータ画面に向き直る。

月末ごとにチェックする社内消耗品のリストはかなり多岐の項目にわたり、毎回購入と使用数をチェックしているにもかかわらず数字がずれやすいのが悩みの種だ。とは言え奈々美自身働き始めて四年、それなりにカバーの仕方も習得してある。だから無意識に出た溜息は仕事上のものではなかった。

「意味深ねえ。昨日の休日はよほど疲れる事をしたとか？」

「やめてください、私は何も…！」

真っ赤になって否定する奈々美に、志木はにんまりと口角を上げる。

「あら、具体的に言ってないのに何を想像したのかしら。私は部屋の模様替えでもしたのかな〜と思ったんだけど」

どうみてもそう思っていない顔で志木は平然と言ってのける。奈々美はむぐぐと言葉を濁した。

実際に頭の中を駆け巡ったのは時田と過ごした時間のあんな事やこんな事だ。とても就業中に口に出して言える内容ではない。

しかし溜息の原因は別にあった。

奈々美は悩んでいる。

しかしその内容を人に相談すべきかどうかはかなり微妙な問題だった。

(今更こんな事、人にはきけない、…よねえ)

思いあぐねている奈々美の心情を察したのか、一応就業中という立場を意識して、志木は声を潜めた。

「いいわ、昼休みに話しましょ。とりあえずその打ち込み終わらせちゃって」

ちゃきちゃきと指示を出す志木の声に、少し救われた思いをしながら奈々美はチェック表の数字をエクセル画面に打ち込み始めた。

◇

「デートの仕方が分からない!?」

珍しく素っ頓狂な声を上げたのは、ちゃっかり参戦していた柳原である。

こんな面白そうな話、拝聴しない手はない、とどこで聞きつけたのか意気揚揚なのを一応隠しつつの参加である。

普段は施錠されていて出入りできない屋上の鍵が、機械室点検の為に開いていると一真から裏情報を貰っていたので、誰にも聞かれる心配はなかった。

時田と奈々美の付き合いは、特に隠す必要もないが喧伝する事でもないのであまりおっぴらにはされていない。そうでなくとも社内恋愛は人の噂になりやすいのでリスクが皆無とは言い難い。そもそも付き合い始めたきっかけなんて訊かれたら、答えようがない。

柳原達にも本当の事は言っていないくらいだ。

元々外見も含め営業の花形である時田と裏方事務の奈々美では周囲の認知度格差が大き過ぎる。公表したら悪目立ちする事請け合いである。

しかも彼女に至ってはデートの仕方も分からないときた。外野からすれば面白すぎるだろう。

「う～～～、だから言いたくなかったのにぃ…」

恨めしそうな目を志木に向けると、彼女は吹き出すのを堪えるように手で口を覆っていた。

悩みがあるなら相談しなさいと、渋る奈々美にずいずい迫った志木の迫力は、さながらドラマによくある犯人を取り調べる敏腕刑事のようであった。

さあ吐け、吐いて楽になってしまえと押し切られて、気弱な犯罪者のように小声で奈々美が口にしたのは「デートってどこに行けばいいんでしょう」という小学生級《クラス》以下の恋愛相談である。

「いやあ、さっすが奈々ちゃんだわ。あの時田君をゲットしながらこの超初級クエスチョン！」

とうとう堪え切れなくなったのか、志木はついに吹き出した。

「そんなの時田さんに任せておけばいいじゃない。彼、慣れてそうだからどこでもスマートにエスコートしてくれそうだし」

柳沢も少々呆れた声で妥当な答えを出す。

「う、そ、それはそうなんだけど…」

デート。

それは遅刻と言う失態を差し引いても、奈々美にとっては敗北の記録であった。

セックスだけを目的としない逢い引き行為がこんなにデリケイト且つディフィカルトだとは、正直思ってもみなかった。仮にもお互い好意を抱いてる者同士なら、極々自然且つ当たり前に行われている行為だと認識していたのだが。

基本的に平日のデートは難しい。定時で上がる奈々美と営業の時田とでは時間があいにくいからだ。たまにタイミングが良ければ落ち合って食事をしたりもするが、毎回当然のように時田が払うのも心苦しかった。もちろんそんなに高い店ではないし、時田の収入が奈々美のそれよりいいのも重々承知だが、基本自炊の奈々美にとって度々の外食は贅沢に映ってしまう。

とは言うものの、それより問題は休日のデートだった。

「私、元々がインドアなんで行きたいところってあんまりなくって…」

「あー……」

「映画とかショッピングとか？」

とりあえず志木が無難な定番《スタンダード》コースを提示する。

「映画は…あまり趣味が合わないみたいです」

重厚な歴史物やもしくは文芸的な奈々美のマニアックな趣味に対し、時田はアクションやホラーなどのエンターテインメント作品を好んだ。一度折衷案として話題のファンタジーコメディを観に行ったが、感想ポイントもくい違って盛り上がりには欠けた。そもそも奈々美は、映画は一人で熱中して観る方なのだ。横に人がいるとなんとなく気が散ってしまう。

「ショッピングも行くには行ったんですけど、値段とか気になってあまり…」

世の中にはウインドウショッピングという言葉が存在するのは知っている。しかし見れば欲しくなるのが人の常。基本的にあまりお金を使うのが好きでない奈々美の買い物は、目的のものを買ったら帰宅という超最短コースだった。そもそもお洒落に興味がない時点で服やアクセサリーを見て楽しむという思考回路が働かないのだ。

自分がさほど欲しい訳でもないのに「買ってあげる」と言われてもつい固辞してしまうから、やはり盛り上がらない。

これが生鮮品の新鮮で安い市場系ならかなりテンションが上がるのだが、いまいちロマンティックとは言い難い。そもそも鰯《いわし》やキャベツを持ち歩くのも色気がないし、長時間歩くのは無理だ。

今までのいわゆる普通のデートは、時田が強引さを装ってリードはしてくれるものの、かなり気を遣わせてしまっている実感はあった。

「いいじゃない。だったら部屋の中でずっといちゃいちゃしてれば」

おっとり言い切ったのは柳原である。

「それはそうなんですけど…」

それでも奈々美の態度は煮え切らない。

奈々美とて何が何でも一般的街デートがしたい訳ではない。むしろベッドの上であんな事やこんな事をしているだけで充分楽しい。いや寧ろ楽しすぎるのが問題と言うか。

「なんか…そういう事ばっかしてると、私が時田さんの体目当てだけで付き合ってるような気がしちゃって…」

後ろめたくなるのだ。だからせめて普通の恋人らしいデートなんかもして時田を楽しませたいと思うのだが、今のところあまりうまくいっているとは言い難かった。思った以上に時田と奈々美の共通項は少ないのが痛い。

その事で時田に文句を言われた事はないが、奈々美自身は微妙に心苦しかった。

お互いセックスを楽しんでいるのが唯一の救いだろうか。

一方、奈々美のともすれば過激な発言に、二人は目を丸くする。

「…それって一般的には男のひとの台詞じゃない？」

「ああ、ありますね。女の子はデートしたいのに彼氏がえっちばっかりとか」

志木の台詞を柳原が受ける。

「見事な逆パターン？」

痛いところを衝かれて奈々美の声が小さくなった。

「ですよね…」

「知らなかった。実は奈々ちゃんて野獣系だったのね」

「見た目は小動物系なのに、ハムスターの皮を被った狼？」

「よいではないか、よいではないか」

「きゃー、お許しになって！」

二人は寸劇に突入する。やられ役は時田を演じる柳原である。

「納得してないで助けて下さいよぅ」

悲鳴じみた泣き声をあげる奈々美の頭を、遊び終えた柳原がよしよしと撫でる。

「まぁ、こればっかりは正解がある訳じゃないから…二人でゆっくり折り合っていくしかないんじゃない？」

「はあ…」

分かり切っていた答えではあるが、問題が解決されなかった奈々美の肩がガックリと落ちる。

そうでなくても奈々美の女子力のない行動や発言が時田を落胆させている気がするのに。

「もしくは共通の目標を持つとかね」

志木が意外な方向から助け船を出す。

「目標…？」

何を言われたのか分からず、奈々美はきょとんとした顔をした。

「結婚・出産・育児。要は人生における共通の針路目標？」

「……え〜〜〜〜〜〜〜!?」

奈々美は思わず叫び声をあげる。時田と結婚なんて考えてもみなかった。ましてや出産、育児だなんて予想外もいいところである。

「だって、だって、そんな、え〜〜〜…」

「志木さん、さすがに私もそれは気が早いんじゃないかと…奈々ちゃん達、付き合いだしてまだ半年も経ってないんですよ？」

「ん～～～、普通はそうなんだけど、奈々ちゃん達は何となく規格外《アウトサイド》だからそういうのもありかなって。要は共有できる何かが欲しい訳でしょ？　日常生活を共有すれば嫌でも会話できるし会うのも簡単だし…何より一緒に住めば色々経済的だしね。結婚て割と合理的なシステムよ？」

　経済的と言う単語が出る当たり、奈々美の性格を見切られている。

「それはそう、かもしれませんけど…」

　とはいえいきなり結婚というのはハイリスクすぎないだろうか。

「それに子供は産んじゃえば人生最大の共同作業あーんど共通趣味になるわよ？　時田君、面倒見よさそうじゃない」

　常々「息子は趣味の一つ」と豪語している既婚者子持ちの志木だからこそ、説得力のある言葉だった。

「そこは同意します。相手がたとえ猛獣であっても意外とまめに世話焼きって言うか」

　にっこり笑いながら毒舌柳原が奈々美をちろんと眺めた。すっかり野獣猛獣扱いされている。

　当の奈々美は困惑したままだ。大体が恋人ができた事でさえ人生最大の想定外だったのに、結婚なんて考えた事もない。ましてや自分が子供を産んで育てるなんて想像もつかない。

「でも…時田さんがどう思ってるか分からないですし…」

奈々美さえ考えた事がないのに、時田にその意識があるとは思えない。お互い年齢的にも経済的にもしてもおかしくない歳ではあるのだが、少なくとも二人の間で結婚という単語が出た事はないし、将来の展望も語り合った事は無い。

当然合意がなければ成立しない話である。

「ああ、それはそうね」

志木はあっさり持論をひっこめる。

時田と奈々美の付き合いの程度はよく知らないが、付き合い始めたばかりの彼女に結婚をほのめかされたら、よほど結婚願望が強くない限り大抵の男はひくだろう。恋愛と結婚を平衡して考えられる男は少ない。

「ん〜〜〜、奈々ちゃんが時田君との付き合い方に悩んでるから、いっそこんな選択肢もあるのよ、程度？　最初は色々と面倒だけどさ、弾みがついちゃえばあとは何とか回るから」

志木は無理に結婚しろと言っているわけではない。

一応若い女性に分類される女子たが、奈々美の結婚願望は紙より薄い。というより皆無に近い。

それは今まで付き合った異性がいなかったせいもあるだろうし、ずっと母子家庭だったのでぴんと来なかったのもあるかもしれない。決して裕福ではなかったが、その環境に不満もなかった。

実際、時田と結婚なんてまったく具体的な想像がつかないのが本音だ。

けれど一緒にいたいと思っているのは本当だった。できれば彼を喜ばせたいし、その為の自分なりのやり方を模索したい。

「貴重なご意見として参考にさせていただきます」

大真面目に答える奈々美に、志木はうんうんと満足そうに肯いた。

◇

ところが思わぬ方向から変化の波がやってきた。

「風呂が壊れたって？」

「はい…」

奈々美の住むアパートは古くてぼろい。築三十二年の木造二階建て。多少のリフォームがしてあるとはいえ、だからこそ駅から近く風呂トイレ別、2Kの間取りで五万円未満と首都圏近郊では格安の家賃ではあるのだが、その分当然設備も古かった。

「着火部分が着かなくなっちゃって…修理屋さんも『もう古いから全交換ですね』って」

湯沸かし部分は浴槽の隣に据え置きするタイプである。しかも今時珍しい、手でハンドルを回転させるタイプの着火装置だった。相当年季の入った代物である。

「もちろん修理費は大家さんが全面的に支払ってくれるそうなんですけど、大掛かりな工事になるし、部品の取り寄せにも時間がかかっちゃうらしくて、おまけに土日も挟んじゃうから直るのは週明けくらいになるだろうって…」

約十日前後。

『お風呂、壊れちゃった〜(泣)』と短いメールを貰った前夜、時田は仕事が遅く気付くのが日付変更線を越えてしまって電話を返せなかった。奈々美のメールは基本的に短い。時に短すぎるほどである。

心配になって急遽《きゅうきょ》待ち合わせた出社前のコーヒースタンドで、朝食のサンドイッチを前に時田は続きを促す。

「実家にお世話になろうかとも思ったんですけどそうするとかなり会社まで遠くなっちゃ

うし、その為だけに友達の家に泊まるのも悪い気がするし…」

風呂だけを借りに行くほど近くに住んでる友人はいなかった。

奈々美の母は一年前に再婚して、現在二つ離れた街に住んでいる。地理的には決して遠くないが、会社の所在地に対して交通アクセスがあまりよくないのである。

しみじみ困った顔の奈々美を前に、時田は少し思案する様子を見せてから口を開いた。

「修理が済むまでの間、俺のマンションに来るか？」

「え？　そんな！　悪いですよ！」

「だって、その間どうするんだ？　っていうか、昨日はどうしたんだ？」

「一応近くに銭湯があったので」

ネットで調べたら徒歩十五分ほどのところにあった。

もっとも駅の反対側なので、一旦帰ってから出かける事になるが。広いお風呂は気持ち良かった。しかし、正直十日間毎日となると懐は痛い。ちょうど生理周期とぶつかりそうなのも気が重かった。駅前に漫画喫茶があったから、そこのシャワーブースを使う方が手軽だろうか。

「それだって、夜に女の一人歩きは危ないだろう」

重ねて心配そうに時田は渋面を作る。

「俺んちからなら会社も近いし、一応寝るスペースもなくはない。奈々美んちからも近いから、必要なものがあれば取りに行きやすいだろ？」

淡々とメリットを並べる時田に、奈々美の心はぐらぐらと揺れ動いた。

確かに時田のマンションなら地理的には問題ない。けれど…

「…迷惑、じゃないですか？」

何度か泊まりに行っていて今更と言う気もするが、お互いの感覚の差に気付いてから何となく距離を縮める事に一抹の不安を感じていた。それは時田も同じではないのだろうか。

じっと彼を見つめる奈々美の目に、ふと表情を緩ませた時田の顔が映った。

「週明けまでだろ？　それくらい迷惑じゃないよ」

たまにしか見せないレアな優しい表情に、抱きつきたい衝動に駆られる。さすがに店内だし、誰かに見られてもまずい。必死でその衝動を堪えようと奥歯を噛み締めてしまった。

「あ、でも…」

「なに？」

奈々美は何度か口を開きかけては言い淀《よど》む。

「言いかけてやめるなよ。気になるだろ？」

業を煮やし、時田は手にしていたサンドイッチを皿に戻して奈々美の頬をぐにぐにつねる。

「あいひゃひゃ…あの、こんな事をお世話になる身で言うのは恐縮なんですが！」

恐縮と来たか。時田は身構えた。たまにではあるが、奈々美の言動は本当に想定外の宇宙の彼方からやってくる。

それでも二呼吸した後、奈々美は意を決する様に毅然《きぜん》とした顔で時田を正面から見た。

こんな顔をしている時の奈々美には嫌な予感しかしない。時田は緊張感を緩和させるために自分のカフェラテに口をつける。

「あの…泊まらせて頂いてる間は…えっちはなしで」

時田の目が丸くなり、口の中のカフェラテを思わず吹き出しそうになった。

が、噴射するとせっかく何とか整えている奈々美のメイクが崩れるので必死で堪えて飲み下す。

「あー…、一応訊くけどなんで？」

隣のボックス席から急にカップを置くガチャンと言う不自然な音が聞こえたが、今は考えない事にする。とはいえ話の内容を慮って口から出る声が小さくなった。

そりゃあしばらく泊まりともなればそんな事も期待しなくはなかったけど。当然ベッドはひとつしかないし？

「それはつまり…今は時田さんお仕事忙しいし、夜も遅い日が多いでしょ？　でも…し、し始めちゃうと一回じゃすまないし、万が一時田さんの体に障るのは不本意というか…」

奈々美も一応は恥ずかしいのか、顔を伏せてもごもご小声になった。

「えーっと…俺とするのが嫌になったわけじゃないんだよな？」

公共の場なので、どうしても目的語が省略される会話だった。

「そんな！　い、イヤじゃないけど…っていうか、むしろイヤじゃないのが問題っていうか…！」

一緒になって流されてしまうというわけか。

「あー…でも布団は一組しかないぜ？」

確かに二人並んで寝ても十分な広さはあるが、それは生殺しに近いんじゃないだろうか。

時田とて発情期の学生ではないので多少の自制は利くつもりだが、目の前に御馳走を置かれてずっとお預けはちょっときつい。さりとてそれは無理と言い切ってしまうのもプライドに触る。

「平日だけでいいんだろ？　その、しないのは」

やはり目的語が省略される。隣のボックス席、普通にリーマンぽいかっこだったけど、うちの会社の人間じゃありませんように。

「そう、なんですけど…たぶん今週末くらいに私、アレになっちゃいます…」

生理周期、キター！

時田は色んな意味でがっくり肩が落ちそうになるのをプライドだけで耐えた。この場合、奈々美が指示代名詞を使っただけでもマシだったろう。なんせそのあたりの微妙な乙女心《デリカシー》が欠如している女である。ぶっちゃけ彼女にとって単語は単語、事象は事象でしかない。

「あの！　やっぱ失礼ですよね、こんなの。やっぱなかった事にしてください。あの、たぶん十日くらい何とかなるので！」

さすがに時田の気配を察したのか、奈々美が引いた。

「いや、でも、他に頼れそうなとこないんだろ？」

「大丈夫です。最悪、絞ったタオルで体拭くとかできますし！」

「髪の毛はどうするんだ？」

「それもドライシャンプーとか」

使った事は無いけれど、その類のものは売っているはずだ。母親が看護士だから、入院中の患者が使うと聞いた気がする。

時田の思考回路が五秒回転した。

「いいよ。その、しなきゃいいんだろ？　普通にベッドの端と端で寝れば問題ないわけだし」

「でも…」

奈々美の目が申し訳なさそうに揺れる。保護欲をそそる小動物の目。中身は猛獣のくせして反則過ぎて腹が立つ。

「いいから、今日アパート帰ったら荷物まとめて家に来い！　俺は遅くなるから予備鍵渡しとく！」

こういう場合は強引にまとめてしまった方が早い事を、時田は経験上知っている。確かに仕事は忙しい時期だ。禁欲生活上等じゃねーか。

「時田さん…」

奈々美の心を覗こうとするような真っ直ぐな視線が心地悪く、思わず視線を逸らす。

「なんだよ！」

「ありがとう。お世話になります」

「……」

チラ見すると、ふにゃっと崩れた笑顔に何も言えなくなり、時田は乱暴に奈々美の頭をぐしゃぐしゃと撫でた。

◇

それでもプチ同棲《どうせい》は始めてみれば悪くはなかった。

一応奈々美なりに気を遣ってくれているらしく、お風呂を溜めておいてくれたり簡単な夜食を作っておいてくれたりする。

普段は面倒だからシャワーで済ませている時田だが、確かにお湯に浸かると疲れの取れ方も違う気がするし「自分の分もどうせつくるから」と、初日に用意してくれた厚揚げときのこの丼も結構うまかった。何種類かのきのこと厚揚げを甘辛く煮て卵でとじてある。ボリューミーだがあまり胃の負担にならなさそうなところも夜食向きだった。

こいつ、料理はできるんだよなー。

女子力と料理は別物なんだろうか。

「別です。だってご飯は食べないと死んじゃうし」

「そりゃそうだけど」

「エンゲル係数を上げずにそこそこ美味しいものを食べようと思ったら自炊しかないし」

エンゲル係数って、今時の女子が使うのか？

時田は母親が実家で連呼していたから知ってはいたが（『男の子なんてエンゲル係数だけは高いんだから！』）、他の女子が使うのは聞いた事がない。

奈々美の場合、料理は女子力と言うより生活力の一部らしい。確かに奈々美の作る料理は見た目のお洒落さや豪華さよりも、手軽で経済的、といった感が強い。実家の母親が作る料理もこんな感じだったと思いだす。

「これで裸エプロンとかで迎えてくれりゃあな」

小声で言ったつもりが耳に届いたらしい。

「持ってませんよ、エプロンなんて」

「あ？」

「わざわざエプロンなんてしないで普通に部屋着で作っちゃうから必要ないし」

……そこか？

「時田さんのえっちぃ」なんて頬を赤らめる可愛げは初めから期待なんてしていなかったが、こいつのリアクションに多少は恥らうという選択肢はないのだろうか。

…まあ、持ってたとしてもヤれないなら只の目の毒か。

微妙に浮き沈む時田であった。

(裸エプロンかー)

寝息を立てている時田の端整な顔を恨みがましく眺めながら、奈々美は音を立てずに溜め息を吐く。

時田が本気で望むならその夢《ファンタジー》に付き合わなくもないが、禁欲を宣言した以上、煽るのは却って酷だろう。それくらいは奈々美にだって分かる。

(って言うか、私が必死で我慢してるのにー)

奈々美だって正直に言えばいちゃいちゃしたい。気持ち良くなりたい。せめてキスやハグぐらいしてもいい気がする。

けれど、うっかり時田のスイッチが入ったら困るので、一生懸命我慢しているのだ。

初めに禁欲を打ち出した時、理由として挙げた時田の健康云々《うんぬん》に関して偽りはない。けれどそれだけでもなかった。

溺れるのが怖い。

帰宅時間を気にせずすむ状況でそれだけを求めてしまう自分が怖い。

えっちな甘い生活も涎がナイアガラのように迸《ほとばし》るほどしてみたいが、今はそれ以上に時

◇

田と精神的な繋がりを作りたかった。

欲望に流されるだけでなく。

そうしないと、いつか終わりを迎えてしまいそうで怖かったのだ。

『要は共有できる何かが欲しい訳でしょ？　結婚て割と合理的なシステムよ？』

志木のアドバイスが頭をよぎる。

結婚とまではいかなくても、せめて生活観で折り合いをつけて近付く事は無駄じゃないんじゃないだろうか。

（ひとを好きになるって難しいなあ）

しみじみそう思いながら、時田の無防備な寝顔にキスしたくなるのを必死に堪えて、奈々美は眠るべく目を閉じた。

◇

最初に躓《つまず》いたのはご飯である。

時田の家には炊飯器と米が無かった。

なるほど、自炊しない人間は米を炊かないのだ。

だからと言って短期居候の奈々美が炊飯器を持ち込むわけにはいかないし、かと言って毎回真空パックのご飯と言うのも不経済なので、鍋で炊く事にした。

「飯って鍋で炊けるんだ」

「難しくはないよ？」

滅多に感心されたりしないので、軽い優越感が気持ちいい。

やはり生活を共にすると、些細な情報の上書きは多かった。目玉焼きの黄身の好みの固さや（時田は固め、奈々美は半熟）、朝見ているニュース番組、時田は一週間おきにYシャツをまとめてクリーニングに出している事、等々日常の習慣に関する事から、言葉の端々で知る家族構成（実家は両親と弟が一人）など。

「へー、弟さんがいるんだ。時田さんと似てる？」

食事も入浴も済ませた、寝る前の軽い飲酒タイムで、ソファの脚に並んで座りながら些細な話をする。

「んー、あんまり似てないと思う。身長は俺より高いからでかいのは共通だけど、あんまり愛想よくないし、その割に結構真面目で不器用って言うか…それでいて、何か手助けしようとすると怒るんだよな」

時田は器用なタイプだからもどかしく見えるのだろう。そんな長男気質が面白い。志木が面倒見が良さそうと言うのもその辺りからだろうか。

「奈々美は一人っ子だろ？」

寝酒の缶ビールを片手に時田が訊いた。

「そう。もっとも別れた父も再婚したらしいから腹違いの弟妹はいるみたいだけど」

お節介の親戚からの噂が切れ端で入っている。

「会いたいとかは？」

「ないなあ。なんか母親と二人家族が当たり前で、それに満足してた気がするし。あ、でも母と義理の父の間に弟か妹ができたら会いたいと思う」

奈々美の母親は今四十代半ばである。弟妹ができる可能性は低いかもしれないが、皆無ではないかもしれない。義理の父は奈々美の母親より四つ年下だったが、穏やかで優しい人だ。母親はいつも疲れているくせに奈々美にそれを見せまいとする人だったから、今は義父に甘えられているといいと思う。

そんな打ち明け話を聞いて、時田は彼女の肩に腕を回した。

なるほど、と時田はひとりごちる。奈々美の堅実な生活観や基本的に人に甘えようとしない性格は、そんな母親に心配させまいと培ってきたものなのかもしれない。本人に自覚があるかどうかは不明だが。

「時田さん…？」

「その『時田さん』てのはまだ変わらないの？」

「だって…」

何度か名前で呼んではみたのだ。けれど結局名字呼びに戻ってしまったのは、奈々美自身が会社とプライベートでうまく呼び分けられる自信がなかったのと、「トキタ」という音の響きが気に入っていたからだった。

「まあ奈々美の不器用さは知ってるけど、たまには名前で呼んでみてもいいんじゃないか？」

色々我慢させられてるのだから、これくらいの我が儘は許されるだろう。別に色っぽい要望ではないし。

「今ですか？」

「そ。問題ないだろ？」

奈々美はぶどうサワーが入ったグラスを両手で包み込むように持ち直す。

「……ゆうすけ、さん」

何故か気恥ずかしさが募った。普通のセックスはおろか他人から見たら多少マニアックなプレイもしている間柄なのに、裸エプロンより恥ずかしい気がするのが何故なのか、奈々美にはよく分からない。

一方、奈々美の恥らう貴重な姿に、時田の心がくらりと揺れる。やべ、油断していたらこんなところにスイッチが。

ぷにぷにと柔かそうな奈々美の頬に時田の大きな手のひらが触れる。

なぜか潤んだ瞳が時田を見上げ、何か言おうとピンクの唇が僅かに動いたが、漏れたのは吐息だけだった。

お互いの顔がゆっくりと近づく。

（キスくらい…いいよな）

それだけなら別に疲れはしない筈だ。

そっと目を閉じ、久しぶりにお預けをくらっていた唇に触れた。

しっとりと濡れて温かい。思わず食むような小鳥のキスを繰り返す。

奈々美の手が時田のTシャツを摑んだ。

吐息を重ねるように唇が触れ合う。あまりの気持ちよさに脳が蕩けそうだった。

呼気を求めて開いた奈々美の唇から時田の舌が潜り込み、優しく口の中を探り出す。

その感触に奈々美の下腹が鈍い熱を帯びた。

奈々美の変化に気付いたように、時田の手が下着を外したパジャマの胸へ落ちてくる。

「あ…っ」

思わず軽く彼を突き飛ばしてしまった。

時田は驚いたように動きを止めたが、理性を取り戻して皮肉な顔で笑った。

「悪い、これ以上は禁止だったな」

「あの、私…」

嫌だったわけじゃない。むしろそのまま溺れてしまいたかった。

しかし時田は拒否されたと受け取った。

「悪いけど先に寝てて。俺はもう一杯ひっかけてから寝るから」

時田はそう言って、ローテーブルの上の空になったビール缶を振って見せる。

奈々美は何か言いたかったが時田の拒絶した表情を見ると言葉は霧散してしまい、これ以上こじらせたくなくて言われるがまま寝室に向かい、ベッドの端に壁に向かって横たわる。

広くて寝心地の良いベッドが今はただ寂しい。

今からでも戻って何か言った方が良いかもしれない。

でも何を？

改めてえっちしましょうとか？

だめだ。滑稽すぎる。時田は赦さないだろう。お情けで抱いてほしいと言ってるのと同じだ。

奈々美は必死に眠ろうと目を閉じる。

彼女の意識が薄れる前に、時田がベッドの反対端にやってくる気配はなかった。

◇

朝六時、奈々美が目を覚ましてリビングに向かうと、メモが残してあり時田は不在だった。

『仕事で野暮用があるので先に出る』

昨日、あんな風になる前は何も言っていなかったのに。

ベッドに彼が眠った形跡はなかった。リビングのソファで横になったのかもしれない。

それなら小柄な自分がソファで寝ればよかったと奈々美は後悔する。自分の方が居候なのだから。

とは言えその場に残ったのは時田の意志だったし、奈々美がそう申し出たところで彼は承服しなかっただろう。奈々美に投げつける言葉がどうであれ、根本的に時田は優しいのだから。

(アパートに戻ろうかな)

修理工期の終わりは週明けの月曜日、あと三日になっていた。それくらいなら風呂がなくても何とかなるだろう。

逃げるみたいで卑怯な気もするが、顔を合わせづらいのも事実だった。

只でさえ時田に迷惑をかけて居候していたのに、それ以上に彼を傷付けた気がする。

(やっぱり私に恋愛とか向いてないんじゃないかな)

誰かと一緒に過ごす時間を、どうしてよいのか分からないのだ。

かと言って欲望にだけ流されているのも釈然としないし情けない。こんな風に恋愛や欲望に意味を求めること自体間違っているのかもしれないが。

時田は優しい。表面上は手厳しい面もあるが、心を許した相手にはとことん情が深い、と思う。

(私より時田さんに相応しい人がいるんじゃ…)

例えばそう、昔付き合っていたという理容師の瑞穂とか。美人で気風《きっぷ》も良さそうだし…。

そう考えた途端に目の端から涙が零れ落ち、そんな自分にびっくりする。

(やだ、絶対イヤ。時田さんが他の女のひとととなんて、絶対嫌だ)

そんな激しい感情を、奈々美は今まで持ったことが無かった。

どんなに親しくても自分以外は他人である。それぞれに意思や性格があり、自分の望みがどうであれそれらを強引に曲げる事は出来ないというのが奈々美自身が持つ信条だった。

けれど時田にだけはそうはいかない。

恋愛なんてそれが当然なのかもしれないが、まだまだ恋愛初心者の奈々美には初めて遭遇するに等しい不条理さだったのである。

（どうしよう…）

奈々美は途方に暮れる。

とにかく支度をして仕事に行かねば、と思うが、頭がうまく働かない。

不意に充電器に挿していた携帯が、メール着信のメロディを奏でた。

時田専用にしてある海底探査音だ。

慌てて開くと、短いメッセージが届いていた。

『今日は極力定時で上がるから、晩飯は肉じゃがが食いたい。白滝多めで』

「時田さん…」

思わず呟いてしまう。

きっと、奈々美がアパートに戻ろうとするのを察して、牽制してきたのだろう。

やっぱり優しい。

（逃げちゃダメだ。ちゃんと向き合わなきゃ）

ようやく奈々美の脳に通すべき筋が見える。呼吸を整えて立ち上がり、奈々美は会社に行く支度を始めた。

◇

「おー、ちゃんと肉じゃががあるじゃん。えらいえらい」

昨夜はなにもなかったように、時田はネクタイを緩めながら鍋の中身を覗きこんで嬉しそうな声を上げた。

壁にかかった時計は、七時半を少し超えたあたり。宣言した通り、あまり遅くならずに上がったらしい。

「言っときますけどお肉は豚小間ですから」

居候中の食費は折半する事になっている。時田は作ってもらうのだから自分が払ってもいいと言ったのだが、奈々美が断った。光熱費を払う訳でもないのに、食費まで賄って貰う訳にはいかない。

「別にいいよ。肉がはいってりゃ何でも」

時田は事も無げにそう言うと、鍋の中身をひょいと摘まんで口に入れた。

「ん、うまいうまい」

「あ、つまみぐいはダメだってば」

「はいはい。着替えてくるわ」

クローゼットのある寝室に消えていく時田の背中を見て奈々美はホッとする。いつも通りだ。

鼻唄交じりに食卓に膳を並べる。

肉じゃが、梅干しと紫蘇を挟んだ鰯の天ぷら、青菜の白和え(ひじき入り)、炊き立てご飯とお味噌汁。ローコストだがそれなりに手はかかっている。白滝以外の食材は買い物済みだったので、出勤前に下拵《ごしら》えできたのも助かった。

(結局私にできるのは料理くらいなんだよね)

洗濯はデリケートなもの以外誰がやってもそう変わらないだろうし、掃除は時田の方がマメで丁寧なのは確実である。

彼の為に、自分ができることを一生懸命やるしかない。結局奈々美はそう結論付けた。やれることを精一杯やって、考えるのはその後だ。

二人で食卓に着いて、ゆっくりご飯を食べた。

「でさ、そのラーメン屋がいかにも専門店て店構えなんだけど、これが不思議と不味いんだよ」

「…不味いの？」

「ああ。なんか不思議だろ？　昔っからの中華定食屋とかでラーメンだけ不味いとかは分かるけど、ラーメンしか売ってない店でそれが不味いってのはやばいよな」

「今時そんな店あるんだ」

ラーメンなんてマニアが食べ歩くほど乱立する業界で、逆に不味く作れる方が珍しい。

普通に既製品を作ってもそれなりの味になる気がするのだが。

「店主が色々こだわり過ぎたのかもしれないけど…案の定、すぐ潰れたな」

さもありなんと納得したようにうんうんと首を縦に振って、時田は残ってた白いご飯を肉じゃがでかっこむ。

行きつけの飲み屋のそばにあったラーメン屋の話らしい。

あまりにくだらない話に奈々美はくすくす笑った。

「あー、うまかった。久しぶりに美味い肉じゃが喰《く》ったよ」

「お粗末様。お茶、飲む？」

「ああ」

食器を下げて、二つのマグカップにティパックの焙《ほう》じ茶を淹《い》れた。時田の家に急須や湯飲みは無かった。

「俺、考えたんだけどさ…」

湯気を立ててるお茶を一口飲んでから、時田は真面目な口調で切り出す。

奈々美の心拍数が少し上がった。

あ、始まる。そう思って心持ち姿勢を正す。

「俺達…お互いちょっと無理してたと思う。というか、俺は…奈々美に無理させたくないと思ってちょっと無理してた」

やはりそうなのか、という苦い想いを奈々美は口の中で飲み下す。

どこか無理をさせている気がしたが、じゃあ具体的にどこがというのはよく分からなかった。分からないのにおこがましくて、無理をしないでとも言えなかった。

「結局奈々美が気にしてたのって、お互いの価値観の合わなさをセックスで誤魔化してた事だろ？　確かにそういうの、ちょっといびつだよな」

時田の言葉がずっとモヤモヤしていた胸中を照らしだし、奈々美の中で符号した。

同時に、時田が奈々美と同じ答えに辿《たど》りついたことに、軽い失望とそれ以上の安堵を覚える。

「正直…俺は自惚れてたんだと思う。奈々美が知ってる通り、付き合ってきた女性の数は多いから、その経験値で奈々美のこともカバーできると…そんな風に思ってたのかもしれない」

「うん…」

奈々美自身、甘えていたのだ。時田に合わせれば二人の関係が円滑にいくと思っていた。そして知らず知らず自分も無理もしていた。あんなに「無理をするな」と言ってくれていたのに。

「でも、もうやめないか?」

「え?」

変拍子で心臓が跳ねた。やめるって、何を?

時田の目が言い難そうに伏せられる。

「奈々美だって、本当はもっと家で自分のしたい事とかあるんだろ?」

「それは…」

なくはない。実際、時田と付き合いだす前につぎ込んでいた読書や趣味の小説書きの時間はかなり減っていた。それでも時田と会えるのも嬉しいから苦ではないと思ってはいたが――。

「だったら無理に俺に合わせる必要ない。そりゃ付き合い始めたらそれなりの歩み寄りや努力も必要だろうけど、お互いに無理ばっかりってのも違うと思う。だから、俺達――」

そこで時田は言葉をとぎらせる。額に手を当て、次の一語を発するのに勇気を振り絞ろうとしているように見えた。その顔がどこか険しい。

（え？　もしかして…これって別れ話？）

奈々美の脳内にその黒い疑念だけがぐるぐる回り始めた。もしそうならもっとはっきり言って欲しい。只でさえ恋愛経験値は低いのだ。察するなんて高等技術《ハイスキル》は備えていない。

って言うか、やっぱり呆れられてたのかな。自分なりには頑張っていたつもりだけど、彼が望む恋人像には程遠くて、その上えっちまで拒否しちゃったから嫌になっちゃったのかな。

もし彼がそう望むなら受け入れるしかないけれど……

せり上がってくる瞼《まぶた》の熱を感じて、奈々美はそれを止めようと声を出した。

「時田さん、私――」

「結婚しないか？」

「……え!?」

時田が発した、言葉の意味が耳から脳に到達するまで三光年（感覚比）。奈々美はぽかんと口をあけ、目は点になったが、時田自身も自分の重大決意で頭がいっぱいらしく気付いていない。

「いやー、多少無謀な気もするってーか、奈々美はあんまり結婚とか興味なさそうだから負担に感じるかもしれないけど…。でも今回一緒に暮らしてみて思ったんだけど、家に帰れば奈々美がいるってものすごく便利だろ。待ち合わせしなくても会えるわけだし、外食だからって変に気を遣わせなくて済む。それなら同棲でもよさそうなもんだけど、それはそれで食費だのなんだの奈々美は気にするだろうから、それならいっそ籍を入れちゃった方が早いかなって…って、おい奈々美!?」

立て板に水で一気にしゃべった後、時田はようやく奈々美の頬が濡れているのに気付いた。

「え!?　泣くほど嫌か!?」

奈々美の口から結婚したいという話は聞いた事がない。これで結構アウトロー性質だから、断られる覚悟もある程度はしていた。が、泣かれるのは想定外である。

「だっ、て…別れるって言われるのかと思ったぁ…」

「いや、それはないし！」

「ふえ〜〜〜ん…っ」

とうとう堪え切れずに奈々美は肩を震わせて嗚咽《おえつ》を漏らし始める。

「あー…、よしよし」

時田は手を伸ばして、小さい頭をぽんぽん叩く。

「別れ話だと思ったのか」

低い声で訊ねると、奈々美の頭がこくんと揺れた。

「それが泣くほど嫌だった?」

今度はぶんぶんと激しく縦に振られる。

「で、でもっ、と、時田さんがそういうなら、仕方ない、かなって…」

それ以上は喉が震えて声にならない。

そんな彼女の様子を見て時田はホッとする。あー、こいつ思ってた以上にちゃんと俺の事好きだわ。

そして何より、奈々美がそんな風に初めて泣いて甘える事が、むず痒くて嬉しい。

「別れる気はないよ。色々合わない事があっても別れたくないし、一緒にいたい。奈々美もそうだろ?」

力強く頭が上下に振られた。

「じゃあ…俺と結婚するか？」

できるだけロマンティックな声で囁く。

「それは別」

しかし返ってきたのはまたもや時田を落胆させる言葉だった。しかも即答。

もう慣れてるから驚かないけどな！

「何でだよ!?　この流れなら普通ＯＫだろう！」

「だって…時田さんのメリットが少なすぎない？　私、ごはん作るぐらいしかできないよ？」

「うん。だから奈々美は飯の担当な。家事の分担はおいおい考えようぜ」

「でも…」

まだ言うか、この女は。

しかし時田とてこの数ヶ月、奈々美に関して何も学習しなかったわけではない。

「俺のデメリットに目がいっているみたいだけど、それより自分のメリットは考えなくていいのか？」

「え？」

「実際家事に手を取られるようになったら奈々美の方が確実にデメリット大きいと思う

ぜ？　俺、仕事で普段はあんまりいないから完全折半は無理だし」

二人分の家事。確かにこの数日、お世話になっているので色々やった。ひとりの時より当然気は遣うから、時間がかかったと言えなくもない。これが短期間ならともかく永続的にとなるとなかなか厳しいものがある、のだろうか。

色んな事案を検討し始めた奈々美を見て、時田は最終奥義を繰り出した。

「そこで俺から提案。奈々美が絶対飛びつきそうなメリットをやるよ」

「ふえ？」

時田とて何も考えずに結婚を申し出たわけではない。それなりに先の事も見据え、様々な可不可も検証した上での決断だった。そして奈々美の同意を得るための策も考えてある。

「毎日、とはいかないだろうけど、時間に余裕がある限り、俺が…」

この提案に奈々美が乗るかどうかは一種の賭けである。が、最強のジョーカーになると踏んでいる。

「奈々美の髪を乾かしてやろう」

どうだとばかりに時田の口の端が上がる。

そして奈々美の心は大きくぐらりと揺れた。

今までも何度か時田に髪を弄られたことはある。大きな手が器用に奈々美の髪を梳いたり乾かしたりするのは、実際うっとりするほど気持ち良かった。

さすが元美容師と言うべきか、いつもは絡まりまくる奈々美の髪が、時田の手にかかると魔法のようにするすると解けてさらさらになるのである。

「え、あの、それは…」

抗いがたい誘惑だった。

彼と結婚したら大の苦手なヘアドライから解放される？　もしかしたら一生？

「ずっと…？　その、もし子供とか生まれても？」

「子供が生まれても。お互い白髪でしわくちゃのじいさんばあさんになっても。場合により特別ボーナスで洗髪《シャンプー》も付けとくけど？」

ずきゅーん。

胸を撃ち抜かれた。

どうしよう、嬉しすぎる。我知らず顔がにやけそうになってやばい。

自分の放った矢が的のど真ん中を射た事に、時田は満足して鼻を鳴らす。

「決まり、だな」

そしてやや放心気味の奈々美の髪を撫でた。

奈々美は猫が首を擽られているように気持ち良かった。今なら喉くらい鳴らせるかもしれない。

「い、いいのかな。そんな理由で、その、簡単に決めちゃって」

結婚の決め手がヘアドライだなんて、志木たちに聞かれたらまた爆笑される事必至である。

「言ったろ。人間は欲望に弱いイキモンなの。欲望に傾いた奈々美の負けだな」

まるで仕掛けた罠にレアモンスターを捕まえたかのような嬉々とした語り口調である。

そもそも結婚て勝ち負けの問題なの？　この場合、奈々美が負けたのだろうか。

それでも時田に頭を撫でられるのは反論する気を失わせるほど心地よかった。

「そりゃあ社内婚だし多少は煩わしい事もあるだろうけど…」

時田は奈々美の頭のてっぺんにキスを落とす。いつものように。

「ひゃん！」

髪の毛にも性感帯があるのかもしれない。そう思えるほど、奈々美の背筋に電流が走った。

「せっかくだから一緒に溺れようぜ？」

微かな奈々美の変化を、時田は見逃さなかった。

「ちなみに明日は休日だから多少無理しても支障はないと思うけど」

奈々美は答えられない。下半身は熱を帯びて、そこから上がってくる欲望がゆっくり脳を侵していく。まだ生理はきていない。

「ベッドに行くか？」

奈々美は再度、小さくこくんと肯いた。

◇

呆れるほど何度もキスを繰り返す。

はじめは触れ合うだけのキスだった。唇が触れては離れ、お互いの瞳を覗き込む。瞳の中に溢れるほどの愛情を見つけて、その度に嬉しくて胸がほんわり温かくなる。

やがてもどかしくなったのか、時田が舌を出して奈々美の唇の輪郭をなぞり始めた。くすぐったい。笑い出しそうになるのを堪えて、奈々美は小さく唇を開けて、彼の舌を招き入れた。今度はゆっくり味わうような、濃厚なキスが続いた。

何度も吸われて、唇が腫れぼったくなる。でもやめたくはなかった。

時田の腕が奈々美を抱き寄せ、痛いほど抱き締められる。うっとりとその力強さに身を任せ、奈々美も時田の広い肩にしがみついた。

「ふ、…ん、ん、ぅ…ん、…ふぁ」

舌が深く絡み合い、だんだん息が苦しくなってくる。お互いの息をも飲み込もうとしているかのようだ。

お互いの唇が唾液の細い糸を引いてやっと離れた時、辛うじて奈々美が言った。

「あの、シャワーとか…」

「あとでいいよ」

「ん」

二人とも我慢していた反動でたがが緩んでいる。お互いの歯列をさぐり、舌を絡め合い、気が遠くなるほど貪りあう。

その間にも奈々美が部屋着に着ていたフード付きトレーナーの下に時田が手を潜り込ませた。

「ん、は…ぁ」

中に着ていたブラトップもずりあげられる。締め付けを失った、幼な顔にしては大きすぎる胸が、ふるふると震えながら時田の眼前に晒された。先端だけがいやらしく天を向いて固く立ち上がっている。

時田は容赦なくその柔肉に自分の指を沈み込ませた。大きな掌と器用な指先によって、二つの果実はやわやわと卑猥に形を変える。それだけで奈々美は信じられないほど気持ち良かった。節ばった長い中指と人差し指の合間から、紅く色付いた先端が触れてほしいと熱望している。

「時田さん、時田さぁん…」

うわごとのように彼の名を呼ぶ。

時田は一旦、動きを止めて体の下に組み敷いた奈々美の顔を優しく覗きこんだ。

「結婚したら下の名前で呼んでもらえるな」

名字呼びも少し背徳めいて悪くはなかったが、やはり名前で呼ばれた方が親密な気がする。

「あ、…祐輔、さん…」

やはり恥ずかしそうに奈々美は時田の名を呼んだ。やばい。食べてしまいたいほど可愛い。

トレーナーも顎の下まで持ち上げて、露わになった胸の右側に吸い付き、左側は先端を指でくりくりと弄った。

「ひゃ…っ、そんな風にされたら、も…やぁ、ん…っ」

紅く充血した先端に軽く歯を立てると、奈々美の躰がびくびくと跳ねて弛緩《しかん》した。

「もうこれだけでイったのか？」

「ふぇ…、だってぇ…」

奈々美の顔がふにゃっと歪む。子供のような泣き顔が堪らなくいとおしかった。

「胸に…挟んでもいいか？」

「え…」

一瞬、何を言われたか分からなくて奈々美はぼうっとした顔になったが、それでもこくんと頷いた。時田の望む事なら、なんでもできると思う。

時田はおもむろに奈々美の深い胸の谷間にそそり立つモノを挟み込み、自分の手で彼女の胸を脇から抑え込むと、腰を揺すってしごき始める。ああ、挟むってそう言うことか。

「あ、祐輔さんの…すごく熱くて、固い…」

初めてする行為だが、奈々美に抵抗はなかった。心臓の辺りで時田自身が脈打ってるのを感じる。そのダイレクトに感じる脈動が嬉しい。

「ん、すっげえ気持ちいい」

自分の胸の谷間から見え隠れするする赤黒い先端を、奈々美は無意識にぺろりと舐めた。

「う…っ」

時田は呻《うめ》き声を上げ、更に激しく腰を振ると、一気に引き抜いてベッドの上に精液を放った。勢いよく白濁した精液が何度も放出された。

奈々美は放心した顔でそれを見ていたが、のそりと起き上がると今度は彼をベッドに押し倒し、仰向けに寝かせた。

「今度は私にさせて…」

言いながら股間に顔を近付けると、半ば屹立したままの彼の先端を口に含んでしごきだす。少し苦かったが気にならなかった。

時田は自分の腕で顔を覆うと、温かい粘膜に包まれる快感を追った。

根元を手で支え、精液で濡れた彼自身を丁寧に舌で拭うと、改めてまた口淫を再開する。

奈々美の小さな手と従順な舌に奉仕され、見る見るうちに彼は元気を取り戻す。

「おっきくなった」

奈々美は自分の仕事に満足したようにふにゃっと笑った。

「私の中に…いれてもいい?」

欲望に満ちて潤んだ眼差しを向けられ、時田はごくりと唾を呑む。これじゃあまるで、俺の方が捕食される側みたいじゃないか。

でも、それも悪くないかもしれない。

「いいよ。ゴム、そこの引き出しの…」

指差そうとする時田の手を奈々美が止めた。

「今日は…そのまましたいの。ダメ?」

「！」

想像の斜め上を行く大胆さに、時田は絶句する。

「あの、結婚するからとかじゃなくてね？　一度…してみたかったの。その、明日多分生理だから…大丈夫だと思うし」

基本的に生理周期はずれた事がない。

一応時田と付き合うようになってから基礎体温も計っているから、高温期終盤なのは確実だった。

時田は平静を取り戻そうと大きく息を吸って吐いた。

恥ずかしそうに打ち明ける奈々美を見て、つくづく自分のオンナは怖れ知らずで欲望に忠実な猛獣だったのだと思い知る。

「いいのか?」

「変なの。私が聞いてるのに」

奈々美は無邪気な笑顔を浮かべて言った。

女の言う安全日など信用した事が無かった時田が、ええいままよと覚悟を決める。

万が一彼女が妊娠したらそのまま籍を入れればいいだけの話である。なんなら明日お互いの両親に報告したって構わない。共に溺れようと言ったのは自分なのだ。

「奈々美の思う通りにしていい」

「…ありがと」

奈々美は驚くほど澄んだ、いとけない笑顔でそう言うと、再び天を向いていた時田の上にゆっくり腰を下ろした。

手を添えて直接彼自身を飲み込んでいく。

「すげ…」

思わず時田が呟いた。たった数ミクロンの被膜があるかないかだけなのに、直接触れ合った粘膜はこれ以上ないほど溶け合いそうになっていた。奈々美のねっとりと熱く潤った蜜洞がしっかりと時田自身を包み込み、絡みついてくる。そのまま奥まで誘い込まれ、搾り取られて今にも射精しそうな快感が湧き上がった。思わず腰を浮かせて最奥を何度も突こうとする。

「だめ、今は私が…」

優しい手で奈々美が時田の腰をそっと抑える。

それでも信じられないほどの一体感と密着感が時田を包み込んでいた。

腰に置かれた奈々美の右手を取って、指を絡めて握りこむ。

「あ、それでも時田さんの…すごい、私の中で暴れてる…」

奈々美も握り返しながら嬉しそうにうっとりと目を閉じた。

騎乗位になる事で一番奥まで届く感覚もたまらなかった。

「動く、ね」

そう言って奈々美は腰を前後に揺らし始める。

自分が思うままに腰を動かしながら、ふと時田を見下ろすと、左腕で顔を覆いながら歯を食いしばってる姿がとてつもなく扇情的だった。これではまるで、自分が時田を犯しているみたいだと思う。

ぞくぞくと背筋を這い上がる悦びで、奈々美は一層自分の中にいる時田をぎゅっと締め付けた。

「そんなにきつくしたら…すぐにイっちまうだろうがっ」

悔しそうな声で呻く時田に、奈々美は慈愛に満ちた声で促した。

「いいよ。祐輔さんがイきたい時にイって」

「くそ…っ」

唸り声を上げながら、時田は矢も楯もたまらず再び腰を突き上げてきた。

奈々美の臀部と時田の太腿がぶつかり、パンパンと音を立てる。同時に繋がった陰部はじゅぶじゅぶと淫奔な鳴き声をあげていた。

自分に跨った奈々美に目をやると、剝き出しになった奈々美の丸く豊かな胸が腰の動きに合わせてぶるんぶるんと揺れている。汗ばんだ胸はうっすらと桃色に染まり、先端だけが時田の唾液でぬらぬらと紅く光っていて、下から眺めるにエロい事この上ない。

さっき、あの柔らかい乳房の間に自分のが……そう思うと益々いきり立ってしまった。

やばい。

普段は色気も何にもない珍獣のくせして、なんでこんな時だけ無駄にエロくて可愛いんだよ。甘い唇も丸い頬も、いやらしく揺れる大きな胸もぐしょぐしょに濡れて俺を銜《くわ》え込んでいるあそこも、もう丸ごと食っちまいたくなるだろうが。

獰猛な独占欲が時田を狂わせる。奈々美の制止を振り切って時田は何度も腰を突き上げた。

「あ…ん！　あ、ぁあぁ、や、…あっ」

ずんずんと容赦なく最奥を突かれ、奈々美も獣のような喘ぎ声を上げる。

「ダメ、そんな…おかしくなっちゃう…っ」

それでも時田の動きの激しさは増すばかりだった。

奈々美も時田の動きに合わせて腰を上下に揺らし始める。膝が崩れそうになるのを何とか耐えた。

（あ、くる…）

徐々にせりあがってきた快感が、奈々美の中で限界まで膨張しているのが分かった。例えようのない大きな波が間近に迫っている。それは時田も同じだった。

「や、もぉ…だめぇ………っ！！」

二人の動きがシンクロし、子宮口をひと際強く突かれて限界に達した。その瞬間、奈々美の中は大きく震え、時田が吐き出す熱い飛沫がぶちまけられて、いっぱいに満たされる。

（あ、時田さんの…精子…、熱い…）

それは何度も大きく震えては奈々美の内側を大きく濡らした。その度に奈々美もびくびくと震える。

やがて力尽き、がくりと倒れ込む奈々美の上半身を時田が自分の胸で迎える。長い腕が彼女の体をぎゅっと抱きしめていた。

二人とも息も絶え絶えで、しばらく動けなかった。

「…俺、ナマでするの初めてだわ」

大きく息を吐いた後、時田がポツリと言った。

今まで女性側が避妊薬《ピル》を飲んでいたり単純に是と言おうとも、避妊具《ゴム》を付けるのが男としてのマナーだし当然のリスク回避だと信じていた。

けれど結婚云々に関わりなく、それ以上に深い繋がりを持ちたいという奈々美の欲望に、時田は同調したのであった。

それまでの女性関係も時田なりに恋愛感情を伴うものだったが、奈々美との付き合いはそれ以上に深い覚悟のようなものが芽生えつつあった。あるいは彼女とずっと共にいるという確信か。

「そう…」

奈々美はまだ息が上がったままだ。

「こんなに気持ちイイと思わなかった」

目を閉じて、余韻に浸る声が漏れる。奈々美は嬉しくなって頬を付けていた時田の胸に口付ける。

「私も…すごく、嬉しかった」

正直、奈々美が受ける感触にさほどの差はない。しかし時田の反応の変化が、より深い悦びへと奈々美を導いていた。

奈々美自身、時田と関わるようになってからの数ヶ月、身の裡《うち》に起こった激しい変化はもう革命に近い。

基本『ひとり』で構成されていた日常が、時田という要因を得て『ふたり』に変化した。

それほど時田の奈々美の中での浸透力は、良くも悪くも激しいものだったのである。

「結婚、するの？」

――私たち。

それは突然湧いて出た実感に、驚いて無意識に漏れた呟きだった。

「奈々美が嫌じゃなきゃな」

時田もぼんやりと答える。

「イヤじゃない」

確信を持って奈々美は答えた。

本当だ。イヤじゃない。そう言い切れる自分が嬉しかった。

「気長にゆっくりやろう。うまくいかない事があって喧嘩しても、二度とお互いの顔なんか見たくないと思っても夜には一緒に飯食って、同じベッドで寝よう」

静かな眼差しで、淡々と時田は言った。

「うん」

不意に胸が強く締め付けられる。

少し苦しい。

どこまでも透き通った、哀しみに近い感情に捕らわれ狼狽した。

目蓋が熱くなり、とめどなく涙が溢れ出す。

「奈々美？」

ああ、そうか。これが——

水が砂に染み入るように、皮膚から全身に沁《し》み渡る。

「ごめんなさい、なんでもないの」

奈々美は顔を上げると、子供のように無垢な笑顔を浮かべた。

「私、…あなたを、愛してるんだなあと思ったら嬉しかったの」

奈々美の笑顔とその言葉に、今度は時田の心臓がぎゅっと鷲掴《わしづか》みにされる。

怒濤《どとう》の如く湧きあがる激しい感情が胸の中で暴れ回るのを必死で抑え込み、彼女をぎゅっと抱きしめて、時田は限りなく厳かな声で言った。

「俺もだよ」

◇

珍しく長期の天気予報は当たり、すがすがしい晴れ間が広がっている。

「きゃー、奈々ちゃん可愛い！」

新婦の控え室で、挨拶に来た柳原が歓声をあげた。

真っ白なウエディングドレス。

マリアヴェールの下の編み込みは、式当日だと言うのに時田が仕上げた髪型だった。小さな花飾りがそこかしこに挿してある。

ふんわりしたエンパイアラインのドレスは、ドレープがたっぷりとってあって、期せず膨らみ始めたお腹を目立たなくさせていた。

「体調は大丈夫なの？」

志木が心配そうに訊ねる。

「はい。つわりも殆どなかったし、お医者様も順調だから大丈夫だろうって」

妊娠が発覚したのは結婚しようと決めてから一年後、式場を予約して招待状の返事もちらほら戻り始めた頃だった。式を延期する話も出たが、一応ぎりぎり安定期にも入っていたので、ドレスや式次第を奈々美の負担が少ないものに変更し、そのまま実行する事にした。

諸々面倒になるので入籍だけは既に済ませてあり、三か月後には産休に入れるよう手続きも済んでいる。

「だけどフライングなんて時田君にしては迂闊だったわねー」

志木の笑みを含んだシニカルな口調に、奈々美は笑顔のまま固まった。

結婚準備が着々と進む中、一度生でやった時の気持ち良さから、ついつい避妊が甘くなったことは否めない。結局奈々美は早々に時田のマンションに移り住んでいた。その方が何かと便利だったからだ。

一緒にいれば気が緩む。些細な事で喧嘩し、仲直りのえっちもしょっちゅうだった。恥ずかしい事この上ない。

「まあ、おかげで第二秘書課の面々とか大人しくなりましたけどねー」

時田に熱を上げていたグループの筆頭である。会社のロッカールームなどで多少の当てこすりなどもなくはなかったが、奈々美の天然嫌味遮断《インターセプト》スキルは本人が思っている以上に無敵だった。

「新婦様、そろそろ…」

「あ、はい」

「じゃあ、私達はこの辺で。また披露宴でね」

「はい。ありがとうございました」

案内係に手を取られてチャペルに向かう。

教会の入り口では義父が笑顔で迎えてくれ、その先にタキシードに身を包んだ時田が待っていた。背が高い時田は、やはりタキシードもむしゃぶりつきたくなるほどよく似合っていた。結婚式のパンフレットのモデルを頼まれたくらいである。

このまま押し倒したくなるのをぐっと堪える。不穏な気配を察したのか、時田が目で釘《くぎ》を刺してきた。くれぐれも変な事はするなよ。はーい、わかってますー。

祭壇上の、ステンドグラスから漏れる光が優しい。

ゆっくりと一歩ずつ前に進んだ。

祭壇の前で義父から時田へと手渡され、彼の腕に摑まる。幸せそうに彼の目が細められ、奈々美も嬉しくなって微笑んだ。きっとこれから様々な事があるだろうに、自分でも驚くほど何の迷いもなかった。

しんと静まり返ったチャペルで、二人の気持ちを掬い取るように、神父が厳かに婚姻の詞を語り始める。

澄み渡った蒼空《あお》では、小鳥たちが絶え間なく幸福の歌を奏でていた。

True END

あとがき

こんにちは。もしくは初めまして。

この度は本著をお手に取って頂きまことにありがとうございます。

あとがきから読む方の為に一応簡単に説明しますと、本著はラブコメです。冴えない珍獣系ＯＬと苛めっ子イケメン同僚があんな事やこんな事（挿絵参照）の紆余曲折の末に、色々ツッコみつつも（何を？）最終的にいちゃいちゃする話です。ハイ、王道ですね！

ご存知の方もいらっしゃるかもしれませんが、本著は元々電子書籍のレーベルで配信していた短編を大幅に加筆修正したものです。そして作者の初の紙書籍でもあります。

某月某日、「かなり加筆が必要になりますが、紙にしてみますか？」とのお誘いに一も二もなく飛びついた次第。結果元作比三倍増になり脳が筋肉痛になりましたが、やはり紙の本と言うのは野望の一つだったんですよ、ヒャッホウヤッターー！


尚、感慨深い事として今回蜜夢文庫さまのレーベル末席に並ばせて頂くに伴い、官能部分の強化指導がありまして。元々電子書籍のレビューでは「エ□はあっさり」とか書かれる作者なのですが（苦）、今回はその辺の御指南も強く頂き「もっと具体的描写を！」とか「擬音を駆使して」とか「でも乙女に○○や××はNGワードです！」等々、頂いた校正原稿を前に正座して拝聴する思いで頑張りました！　いやあ、色々奥深いな！　本当に小説を書くって難しくて面白いですね。この努力が少しでも実を結び、糖度や蜜度も三倍増しで読者様の萌えに通じればこの上なく嬉しいのですが。

そんなわけで。今回文庫化に伴い、と言うよりも最初の電子書籍化からお世話になり、的確なアドバイスと励ましの言葉を下さった担当のH様、心よりお礼を申し上げます。いつも電話では○○とか××とか大声で話し難い相談余談ばかりですみません（苦笑）。

また、電子版に引き続き素敵にラブリーな表紙絵とがっつりエロい挿絵とを描いてくれた木下ネリちゃん。んも〜〜ラフの段階から想像以上に垂涎物で、にやにやさせて頂きました。今回も本当にありがとう！

レーベル参加の機会を下さった蜜夢文庫編集様にも心よりの感謝を。

そして何よりもこの一冊が、読んで下さった方の一服の笑縁と繋がりますように。

二〇一五年八月

天ヶ森雀拝

本書は、電子書籍レーベル「らぶドロップス」より発売された電子書籍を元に、加筆・修正したものです。

純情欲望スイートマニュアル
処女と野獣の社内恋愛

２０１５年９月２６日　初版第一刷発行

著……………………………… 天ヶ森雀
画……………………………… 木下ネリ
編集…………………………… パブリッシングリンク
ブックデザイン……………… 吉田麻里以

発行人………………………… 後藤明信
発行…………………………… 株式会社竹書房
〒102-0072　東京都千代田区飯田橋２－７－３
電話　03-3264-1576（代表）
03-3234-6208（編集）
http://www.takeshobo.co.jp
印刷・製本…………………… 中央精版印刷株式会社

■本書の無断複写・複製・転載を禁じます。
■定価はカバーに表示してあります。
■落丁・乱丁の場合は当社にてお取り替えいたします。
©Tengamori Suzume 2015

ISBN978-4-8019-0473-6　C0193
Printed in JAPAN